Christian August Vulpius

Der betrogene Geizige oder: Wer das Glück hat, führt die Braut heim!

Eine nach dem Italienischen freibearb. komische Oper in 3 Aufzügen

Christian August Vulpius

Der betrogene Geizige oder: Wer das Glück hat, führt die Braut heim!
Eine nach dem Italienischen freibearb. komische Oper in 3 Aufzügen

ISBN/EAN: 9783743445925

Hergestellt in Europa, USA, Kanada, Australien, Japan

Cover: Foto ©Andreas Hilbeck / pixelio.de

Manufactured and distributed by brebook publishing software (www.brebook.com)

Christian August Vulpius

Der betrogene Geizige oder: Wer das Glück hat, führt die Braut heim!

Der betrogene Geizige;

oder:

Wer das Glück hat, führt die Braut heim!

Eine
nach dem Italienischen
freibearbeitete
komische Oper in drei Aufzügen.
von
C. A. Vulpius.

Die Musik ist von Paisiello.

129348-A

Leipzig, 1794.
bei Johann Samuel Heinsius.

Personen.

Doktor Tulipan.

Korille.
Rosa. } seine Mündel.

Graf von Belprata.

Don Anselmo, Rittmeister.

Raggiro, Famulus des Doktors.

Bedienten.

Erster Aufzug.

(Ein großes Zimmer mit Seitenthüren.)

Erster Auftritt.

Korille. Rosa. Graf. Raggiro.

Quartett.

Rosa. Still! nur ruhig, kein Getümmel!
Raggiro. Ach! verhüte doch der Himmel;
daß der Doktor hier Sie hört!
(Sie gehen nach der Thür, und sehen zu, ob
jemand kömmt.)
Korille. Sie ist von Adel nicht, ist nicht von
Stande,
für die Ihr Herz, Herr Graf, jetzo ent-
brannte.
Mich reizt nicht eitler Prunk, reizen
nicht Kleider.
Lassen Sie mich, Herr Graf, gehen Sie
weiter.
Ich bin zufrieden, mich lockt kein Titel
nicht,
was ich nicht habe, verlang' ich nicht.

A   Graf.

— 2 —

Graf. Weh mir! Du glaubst es nicht, was
 ich Dir schwöre:
 daß ich auf ewig nur Dir angehöre?
Korille. Schwüren der Liebe glaube ich nicht!
Graf. Grausame! hörst mich nicht, kennst
 nicht die Triebe,
 kennst nicht die schwere Pein leidender
 Liebe.
 Du bist gefesselt von andern Banden,
 glaubst Du, ich habe Dich nicht ver-
 standen?
 O! ich versteh es wohl! —
 Nun, will gehen. —
Graf. ⎧ Nicht mehr Dich sehen,
Korille. ⎨ ist das Beste, denn die Liebe,
 ⎩ neckt die Verliebten nur!
Rosa. ⎧ Liebeszank und Regenschauer
 ⎨ waren nie von langer Dauer.
Raggiro. ⎧ Morgen sind sie wieder einig,
 ⎩ schwören ewig Liebe sich.
Graf. Und nun geh' ich!
Korille. Ha! er gehet!
 ⎧ Es ist sicher! —
 ⎪ Er, will täuschen, mich betrügen.
 ⎪ Sie will täuschen, mich betrügen.
Beyde. ⎨ Sieh wie ⎧ seine ⎫ Augen lügen!
 ⎪ ⎩ ihre ⎭
 ⎪ ⎧ Ungetreuer ⎫ schweige still!
 ⎩ ⎩ Ungetreue ⎭

Zwei-

Zweiter Auftritt.

Rosa. Raggiro.

Raggiro. So geht's! — Es giebt, glaub' ich, kein wunderbareres Völkchen in der Welt, als die Verliebten. Bei diesen wechseln Sonnenschein und Regen geschwinder, als im Kalender. Kaum denkt man: Das ist doch auch eine Einigkeit und eine Liebe unter den Leuten, daß man seine Freude daran sieht! so janken sie sich schon wieder.

Rosa. Meine Schwester muß doch Vermuthungen haben —

Raggiro. Ach! Ein Wort, ein Blick, und der schöne Pallast steht in Flammen!

Rosa. Sie werden schon wieder einig werden.

Raggiro. Das denke ich auch. — Ich habe in meinem Leben dergleichen Zufälle oft gesehen und selbst gehabt. Als ich mit dem Herrn Doktor auf Reisen war, ventre-bleu! da habe ich gesehen — diable et dieu! wie gieng das zu Paris zu! — Und nicht allein in Paris, sondern in allen Städten, Flecken, Kastellen, Dörfern und Winkeln, welche unsre wallenden Füße betraten. Zu Orleans hatte ich ein Mädchen — Mademoiselle! ein Mädchen! O mon dieu!

dien! ein wahres überirrdisches Inkarnat. Sie hatte schon drei bis viermal italienischen Malern zu einer Madonna gesessen —

Rosa. Wirklich?

Raggiro. Auf ihre Ehre, denn dabei, hat sie mir es versichert.

Rosa. Nun? und das war Seine Geliebte?

Raggiro. Das war sie.

Rosa. Es war aber wohl ihr Ernst nicht?

Raggiro. Warum nicht?

Rosa. Hm! ein Mädchen welches so schön war, welche Maler zu einer Madonna um ihre Reize plünderten — in Ihn verliebt?

Raggiro. Kömmt Ihnen das sonderbar vor?

Rosa. Ich kann's nicht läugnen; ein wenig stark.

Raggiro. Ei! Sie müssen wissen, daß ich damals ein wahrer Adonis war. — Freilich die vielen Fatiken, Hunger und Kummer in des Doktors Hause haben mich ein wenig dekolorirt und haben meine Reize in Dekadenze gebracht, aber, troz dem allen, bin ich doch wohl noch immer ein Kerl, in den man sich zur Noth verlieben kann.

Rosa. Je nun ja, — zur Noth! —

Rag=

Raggira. Und damals, war ich, ohne mich zu rühmen, einer der elegantesten fremden Pläsants in der bonne ville de Paris. Deswegen verliebte sich auch die artige Nannette, — so hieß meine Schöne, — sogleich in mich. Es war eine schöne mondhelle Nacht, als wir zusammen in einer Laube saßen und ein Lied sangen, in welchem die Empfindungen des Dichters und Komponisten zusammen geschmolzen zu seyn schienen. Da drükte sie mir sanft die Hand und stammelte: ich liebe Dich! — Ich warf mich wonnetrunken vor ihr nieder, schwur ihr ewige Liebe, und — den andern Tag, zankten wir uns schon. Aber es versteht sich, daß wir bald wieder einig wurden. Ach! eine solche Versöhnungsszene! mon dieu! — Die Sonne nach einem Ungewitter! — Und so, denke ich, wird's mit Ihrer Demoiselle Schwester und mit dem Herrn Grafen, auch werden. Sie wird schon in sich gehen.

Rosa. In sich gehen? Sie soll doch nicht etwa gar wieder den Ersten Schritt thun? — Das wäre schön! — So sollte mir Don Anselmo kommen! — Machte er nicht selbst die Einleitung zur Versöhnung, und zwar bald, denn mehr als höchstens drei Tage, gäb ich ihm nicht Zeit, so hätte ich den vierten Tag, einen

andern

andern Liebhaber. Die Herren müssen nicht glauben, daß sie uns unentbehrlich sind. Es giebt solche Motten genug, welche um die Strahlen unserer feurigen Augen so lange fliegen, bis sie sich die Flügel versengt haben.

Raggiro. Ja wohl! leider! Ich weiß, wie mir's gegangen ist. Das Herz bricht mir, wenn ich nur daran denke!

Rosa. Aber, sag Er mir doch nur, wie will Er denn den Grafen im Hause verborgen halten?

Raggiro. Das weiß ich selbst nicht. — Ich denke immer, das Lustspiel, wird sich noch in eine Tragödie verwandeln, denn wenigstens, schlägt mir der Herr Doktor Arme und Beine entzwei, wenn er des Grafen Aufenthalt hier ahndet.

Rosa. Je nun! Er muß denken, daß Er der Göttin der Liebe einen Dienst thut, wenn Er ihren Kindern beisteht, und sie wird Ihm denselben gewiß vergelten.

Raggiro. Gebe es der Himmel! Dergleichen Beschäftigungen, so sinnreich sie auch oft ausgeführt werden, werden mehrentheils sehr schlecht belohnt.

Rosa.

Rosa. Und wie will Er denn Wort halten, und mir meinen geliebten Anselmo zu sprechen verschaffen?

Raggiro. Noch diesen Morgen, vielleicht in wenig Augenblicken, soll Ihnen der Doktor selbst erlauben mit ihm zu sprechen.

Rosa. Wie ist das möglich?

Raggiro. Daß es möglich ist, sollen Sie wohl sehen; — aber, was wird es helfen? — Vergessen Sie denn die Klausel im Testamente Ihres sel. Herrn Vaters: „daß Sie keinen Mann heirathen sollen, der nicht Ihrem Vormunde dem Herrn Doktor anständig ist?" Und sagen Sie mir: wo mag wohl der Mann zu finden seyn?

Rosa. Das wird sich schon geben, wenn nur Anselmo erst hier wär.

Raggiro. Er zahlt dem Doktor für einen Monat Hausmiethe 100 Skudi, läßt sich kuriren, und — (sieht durch das Fenster) dort bringen sie ihn schon in einer Sänfte getragen. Nun muthig Mademoiselle, und verrathen Sie sich nur nicht selbst. (ab.)

Drit-

Dritter Auftritt.

Rosa.

— — Also kömmt er? — Aber was wird er sagen? Er wird fragen, warum ich seine Briefe nicht beantwortet habe. Das war nun freilich ein wenig nachläßig von mir, — aber, was hilft's? Geschehen, ist geschehen. — Ich muß mich nun aus der Verlegenheit ziehen, so gut ich kann, und das wird mir, denke ich, so gar schwer eben nicht werden. Denn, wovon könnten wir die Männer nicht überzeugen? Sie haben nur Schwüre, aber uns versagt die gütige Natur im Fall der Noth, gewiß die Thränen nie.

Vierter Auftritt.

Rosa. Doktor und Raggiro (führen den verstellt kranken) Don Anselmo (herein.)

(Raggiro stellt einen Stuhl vor Anselmo mitten auf's Theater, worauf sich derselbe setzt.)

Terzett.

Doktor. Nur Geduld! — Nur sachte! sachte!
Anselmo. Ach! Ach! ich verschmachte!

Rosa.

Rosa. Alle Glieder zittern mir!
Außer mir bin ich vor Schrecken!
Doktor. Und wo fühlen Sie denn Schmerzen?
Anselmo. Ach! o weh! Hier muß es stecken.
Ach! wie klopft's in meinem Herzen!
Ach! wie tobt wie brennt es hier!
Doktor. Nur Courage! Nur Courage!
Raggiro. Ja, Sie sind in guten Händen.
Rosa. ⎧Ihre Krankheit wird sich enden,
⎩ruhig, und nur nicht verzagt.
Raggiro. ⎧Er wird Ihre Krankheit enden,
⎩ruhig, und nur nicht verzagt.
Doktor. ⎧Ihr Malheur will ich schon enden,
⎩Ihr Malheur! nur nicht verzagt.

Doktor. Seyn Sie nur unverzagt, Monsieur! Das Glück hat Sie zum Doktor Tulipan geführt, zu einem Manne, der sans vanité! dem Hippokrates und Galen aufzurathen gäb, wenn sie noch in rerum natura epistirten. — Wo fehlt's denn? Was ist Ihnen? — Reden Sie nur franchement und ohne dissimulation.

Anselmo. Ich will Ihnen. — Ach! ach! wie ist mir! ach! — ich will Ihnen — o weh! wie sticht's! — Mein armes Herz! — ich will — ach! — den Monat 100 Skudi — (giebt ihm eine Börse.)

Doktor. Schon recht, gnädiger Herr! — Erklären Sie sich nur deutlicher, s'il vous plait.

Anselmo. Ach! Herr Doktor — ein nagender Wurm — Wie er frißt! — Ach! ach! Hier! Hier muß er seyn! (legt des Doktors Hand auf die Brust.)

Doktor. Hier steckt also das Malheur?

Anselmo. Hier, Herr Doktor.

Doktor. Recht! — Niederschlagende Mittel können nicht schaden. — Also: recipe —

Rosa. Wie schlägt der Puls Herr Doktor?

Doktor. Wie ein Hammer. — Hu! das pocht und klopft! — Immer heftiger! — Schlimme Symptomen! — Videtur imminere morbus acutus. Also, ein Wurm nagt hier?

Anselmo. Ja — ein Wurm.

Doktor. Weil Sie die Bisse des Wurms fühlen, so ist ausgemacht, daß er Zähne, sehr scharfe Zähne, haben muß. Wenn ich Ihnen also etwas eingebe, daß dem Wurme die Zähne ausfallen, so muß er auch aufhören zu beißen. Nicht wahr? — — Ich eile, sogleich das herrliche Medikament zu holen, welches dem verdammten Wurme die Zähne ausbeißen soll. (ab.)

Fünf-

Fünfter Auftritt.

Rosa. Anselmo. Raggiro.

Anselmo. Meine Theuerste! wie glücklich, wie unaussprechlich glücklich bin ich, Dich in meine Arme zu schliessen und Dir sagen zu können, daß mein Herz nur für Dich schlägt, und daß ich Dich nie verlassen werde. — Mein! mein! welch' eine Seligkeit liegt in diesen Worten!

Rosa. Anselmo! — Mein Geliebter! Ewig die Deinige.

Raggiro. Da muß man nun so zusehen!

Anselmo. Aber — nicht eine Zeile Antwort auf meine Briefe? — Du hast sie doch erhalten?

Rosa. Ja — erhalten habe ich sie, aber — Still! Ich glaube der Doktor kömmt schon wieder.

Sechster Auftritt.

Vorige. Doktor.

Doktor. (kömmt mit einem großen Arzeneyglase.) Wie? Sie sind schon wieder auf den Beinen?

An=

Anselmo. (verstellt.) Was will der Wanderer noch so spät im Thal? — Es ist Nacht armer Wandrer! — Schon schlägt die Stunde der bangen Mitternacht. Der Uhu schreit, der Rabe krächzt. — Ach! — dort! dort! (blickt wild um sich.) Aus jenem zerstöhrten Kloster wallt still, feierlich und langsam, ein langer, langer Zug einher. — Sie tragen Kerzen. — Sie singen. — Sie kommen näher — (fährt zusammen,) Ha! — Geister (sinkt in Raggiro's Arme.)

Raggiro. Er ist verrückt!

Doktor. Ja, freilich! Bei Sinnen ist er nicht.

Raggiro. Wie ihm das Gesicht glüht! Wie seine Augen rollen!

Rosa. Er sieht fürchterlich aus!

Doktor. Ich muß ihn doch näher betrachten, ob — (er sieht ihm unter die Augen.)

Anselmo. Laßt mich! (fährt wild auf.)

Doktor. (springt erschrocken zurück und läßt das Glas fallen.) Er ist närrisch!

Anselmo. Ha! (sanft.) Meine Doris! Wo sind Deine Schaafe? Und Du fürchtest den Wolf nicht?

Doktor. Er phantasirt wie ein Idyllendichter!

An-

Anselmo. Was ist das? (rasch.) Trompeten? Feldgeschrei? Ich höre Rosse wiehern, Waffen klirren —

Doktor. Jetzt kömmt er in den Ton der Heldendichter.

Anselmo. (ruhig.) Einsam wandle ich im Thale. Dort steigt die Sonne herauf und vergoldet die Fenster meiner Laura —

Doktor. Nun kömmt's an die Madrigalls und Sonnetts.

Anselmo. (wild.) Auf! auf! Der Feind kömmt! (zieht den Degen.)

Doktor. Wenn nur kein Unglück geschieht.

Anselmo. Muthig, in die Schlacht!

(geht rasch umher, schwingt den Degen, und schießt seine Terzerols während des Ritornells ab.)

(Der Doktor schleicht ängstlich umher und kriecht endlich unter den Tisch.)

Anselmo. Schon ertönt die Kriegstrommete,
    ruft zum Streite, ruft zum Kampfe. —
    Schon steh' ich mit blankem Schwerdte
    in dem dicksten Pulverdampfe.
    Auf ihr Brüder, frisch zum Streite.
    Ha! wir siegen! theilt die Beute.
    Muthig fochten meine Leute.
                    Auf

Auf ihr Brüder! nur Courage!
blast zum Marsche! blast zum
Marsche!
Unsre Losung: Sieg und Tod!

(geht mit militärischen Schritten ab.) (Raggiro folgt ihm.)

Siebenter Auftritt.

Rosa. Doktor.

Rosa. So etwas, habe ich Zeit meines Lebens noch nicht gesehen!

Doktor. (kömmt unter dem Tische hervor.) Der gute Mensch ist wahnwitzig.

Rosa. Er ist zu bedauern!

Doktor. Ich will ihn schon wieder zu Verstande bringen. Ich habe Patienten gehabt, mit denen es noch weit gefährlicher aussah, liebes Kind, und ich habe sie doch, satis me vanter, wieder zurechte gebracht. Freilich gehören Kenntnisse dazu, aber die wird mir auch, graces à Dieu! keine Seele absprechen. Je ferai tout mon possible! — Aber, mein Kind, Wartung, ist halbe Kur. Dir will ich also auftragen, den Rittmeister fleißig zu warten und zu pflegen.

Rosa. Aber wenn er nun in der Raserei mich etwa gar einmal umbrächte —

Doktor.

Doktor. Bewahre! Das wird er nicht thun. Ich habe schon oft bemerkt, daß die Wahnwitzigen immer den gehörigen Respekt gegen das andere Geschlecht beibehalten. Sur ma parole! er thut Dir nichts!

Rosa. Nun, wenn Sie mir die Versicherung geben können —

Doktor. Das kann ich mit gutem Gewissen.

Rosa. Sein Zustand geht mir sehr zu Herzen. — Er dauert mich ungemein.

Doktor. Du bist überhaupt sehr mitleidig. — Ich glaube es Dir. Unser einer ist dergleichen Affairen schon gewohnt.

Rosa. Wenn er seufzt, fährt mir's durch alle Glieder.

Doktor. Ja! ja! Die Weiber sind cum privilegio von der alma mater rerum zur Empfindsamkeit gestimmt. — Warte ihn nur fleißig, es wird Dein Schade nicht seyn, wenn er wieder aufkömmt. Er hat Geld.

Rosa. Ich will alles thun, was mir möglich ist. Vielleicht, kömmt er wieder zu sich.

Wenn ich ihn seufzen höre,
fühl' alle seine Schmerzen
Ich hier in meinem Herzen,
und bin so krank wie er.

Ich

Ich will ihn pflegen, warten,
will wachsam ihn bedienen,
und späh'n in seinen Mienen
was nur sein Herz verlangt.

(ab.)

Doktor. (wiegt die Börse in der Hand.) Den Monat 100 Skudi? — Wenn er doch nur die Krankheit ein paar Jahre behielt! (zählt auf.)

Achter Auftritt.

Doktor. Raggiro.

Raggiro. Das haben Sie mir zu verdanken. Wenn ich nicht Ihren Ruhm in der ganzen Stadt so sehr ausgebreitet hätte, so —

Doktor. Nun, nun! Es soll nicht umsonst geschehen seyn. Du kennst mich in solchen Fällen.

Raggiro. Leider!

Doktor. Ich wollte Dir Deine Müh gleich vergelten, wenn Du mir nicht noch ein größeres Geschäft ausführen helfen müßtest. Dann sollst Du Dein Douceur zusammen erhalten. (steckt das Geld ein.)

Raggiro. Das wird eine artige, runde Summe werden!

Doktor.

Doktor. Höre! — Ich bin bis zum Sterben verliebt.

Raggiro. Sie? Verliebt? In Ihren Jahren? — Wo denken Sie denn hin?

Doktor. Wo die Verliebten alle hindenken. — Ich will keine Ausnahme machen.

Raggiro. Wie alt sind Sie denn?

Doktor. Da habe ich viel zu viel zu thun, als daß ich auf solche Kleinigkeiten merken sollte.

Raggiro. Wenn nun aber Ihre Geliebte das Kirchenbuch nachschlagen läßt?

Doktor. Das kann sie nicht. Es ist im Erdbeben zu Meßina mit zu Grunde gegangen.

Raggiro. Das ist ein wahres Glück!

Doktor. Sans doute! — Aber, weißt Du wohl, wer die Schöne ist, der ich mein Herz geschenkt habe?

Raggiro. Wie kann ich das wissen?

Doktor. Die Göttin meines liebekranken Herzens, heißt: Korillchen.

Raggiro. Ihr Mündel? —

Doktor. En verité! Ich will sie heirathen. — Sie hat 80,000 Skudi in Vermögen, wie Du weißt. Wenn sie meine Frau ist, will ich ihrer Schwester Rosa einen alten, garstigen Kerl zum Bräutigam aufzudringen suchen.

Ich will ihn pflegen, warten,
will wachsam ihn bedienen,
und späh'n in seinen Mienen
was nur sein Herz verlangt.

(ab.)

Doktor. (wiegt die Börse in der Hand.) Den Monat 100 Skudi? — Wenn er doch nur die Krankheit ein paar Jahre behielt! (zählt auf.)

Achter Auftritt.

Doktor. Raggiro.

Raggiro. Das haben Sie mir zu verdanken. Wenn ich nicht Ihren Ruhm in der ganzen Stadt so sehr ausgebreitet hätte, so —

Doktor. Nun, nun! Es soll nicht umsonst geschehen seyn. Du kennst mich in solchen Fällen.

Raggiro. Leider!

Doktor. Ich wollte Dir Deine Müh gleich vergelten, wenn Du mir nicht noch ein größeres Geschäft ausführen helfen müßtest. Dann sollst Du Dein Douceur zusammen erhalten. (steckt das Geld ein.)

Raggiro. Das wird eine artige, runde Summe werden!

Doktor.

„Doktor. Höre! — Ich bin bis zum Sterben verliebt.

Raggiro. Sie? Verliebt? In Ihren Jahren? — Wo denken Sie denn hin?

Doktor. Wo die Verliebten alle hindenken. — Ich will keine Ausnahme machen.

Raggiro. Wie alt sind Sie denn?

Doktor. Da habe ich viel zu viel zu thun, als daß ich auf solche Kleinigkeiten merken sollte.

Raggiro. Wenn nun aber Ihre Geliebte das Kirchenbuch nachschlagen läßt?

Doktor. Das kann sie nicht. Es ist im Erdbeben zu Meßina mit zu Grunde gegangen.

Raggiro. Das ist ein wahres Glück!

Doktor. Sans doute! — Aber, weißt Du wohl, wer die Schöne ist, der ich mein Herz geschenkt habe?

Raggiro. Wie kann ich das wissen?

Doktor. Die Göttin meines liebekranken Herzens, heißt: Korillchen.

Raggiro. Ihr Mündel? —

Doktor. En verità! Ich will sie heirathen. — Sie hat 80,000 Skudi in Vermögen, wie Du weißt. Wenn sie meine Frau ist, will ich ihrer Schwester Rosa einen alten, garstigen Kerl zum Bräutigam aufzudringen suchen.

suchen. Den wird sie nicht nehmen, also fällt, vermöge des Testaments ihres sel. Vaters, mir ihr Vermögen zu. — Und dann, mag sie machen, was sie will.

Raggiro. Gut ausgesonnen!

Doktor. Nicht wahr?

Raggiro. Gewiß! — Aber — ich —?

Doktor. Ich will Dich schon belohnen. Dein Douceurchen bleibt Dir unverloren.

Raggiro. Ich werde aber auch nichts zu sehen bekommen.

Doktor. Zwar merk' ich schon im voraus, daß Korille zu der Parthie keine große Lust haben wird —

Raggiro. Merken Sie das?

Doktor. Ich werde ja! — Weil ich nun weiß, daß Du ein verschmitzter Kopf bist —

Raggiro. Bin ich?

Doktor. Das weiß ich! — Also — sollst Du mir behülflich seyn.

Raggiro. Nimmermehr!

Doktor. Warum nicht?

Raggiro. Weil ich's schon zum voraus sehe, daß ich nicht einen Paoli bekomme und hätte ich mir mehr Müh gegeben, als ein Komödienschreiber, den Knoten zu schürzen und — wenn's nicht anders geht, — zu zerschneiden.

Ich

Ich kenne Sie schon, mein liebwerthester Herr Doktor.

Doktor. Worüber kannst Du Dich beklagen? — Lebst Du nicht recht wohl bei mir?

Raggiro. Wenigstens, sterbe ich gewiß nicht an Indigestionen. Seit ich in Ihren Diensten bin, hätte ich mir nicht manchmal so etwas darneben verdient, hätte ich gewiß meine Zähne nicht um Einen Gran abgenutzt. Ich bin so mager, wie ein Häring.

Doktor. Allzuviel, ist ungesund!

Raggiro. Und allzuwenig, ist nicht fein! — Bin ich nicht so klapper dürre als käm ich aus der Sklaverei zu Algier? Ich weiß am besten, wie mir zu Muthe ist. (auf den Magen zeigend.) Der gute Freund, läßt sich nicht mit Versprechungen abweisen, er will reeller befriedigt seyn, und von Ihrem Salario, und in Ihrem Hause, ist's beinahe keine Möglichkeit. Mich hungert wenn ich Sie nur ansehe!

Tröste nur mit keinem Mahle
lieber leerer Magen dich.
Ticke! tacke! ruf und schreie;
Niemand wird dein Flehen hören.
Ticke! tacke! hoff' und freue
nimmermehr auf Essen dich.

O!

O! wie matt sind meine Glieder!
kaum noch tragen mich die Füße.
Wie betrunken tauml' ich nieder.
Abgezehrt und matt von Hunger
schweb' ich wankend hin und her.

(ab.)

Neunter Auftritt.

Doktor.

Der Kerl ist ein Vielfras! Ich muß befürchten, daß seine allzugroße Gefräßigkeit am Ende noch sich gar auf mich selbst extendirt. — Jetzt, bedarf ich seiner Hülfe, ich werde ihn also ein wenig besser traktiren müssen. Ist aber geschehen, was geschehen soll, so mag er sehen, wo er unter kömmt, sonst frißt er mich noch arm. (sieht nach der Uhr.) Doch, die Stunde der Liebe naht sich. Ich muß zu meinem geliebten Korillchen eilen und ihr sagen: daß die Flammen der Liebe mein Innerstes verzehren und daß ich unglücklich bin, wenn sie mich nicht erhört. Jetzt Doktor, öffne die Schätze deiner Beredsamkeit, und wirf dich heureusement in die Lage zurück, in welcher Du Dich ehemals zu Paris befandest.

(ab).

Zehn-

Zehnter Auftritt.

Korille.

Durchfoltert von der Liebe
schlägt noch mein Herz für ihn,
und doch ziehn Wuth und Rache
mich zur Verzweiflung hin.
Ich will, ich muß mich rächen
mein Herz, ach! schweige still.
Ich muß die Fesseln brechen,
es koste was es will!

Eilfter Auftritt.

Korille. Doktor.

Doktor. Ah! ma belle! Ah! mon ange, comment vous portez-vous?

Korille. Ihre Dienerin Herr Doktor.

Doktor. Mein liebes, scharmantes Kind, befleißige Dich doch der französischen Sprache besser. Du hättest antworten können: Votre servante! oder Je suis obligé! (küßt ihr die Hand.)

Korille. Verschonen Sie mich —

Doktor. Was fehlt Dir denn ma reine? Bist Du krank? En verité! Dein Pülschen schlägt sehr unordentlich.

Korille. Ich habe Kopfschmerzen.

Doktor,

Doktor. Für diese Krankheit giebt es ein sehr probates Mittel, welches jederzeit bey Deinem Geschlechte, mit gutem Effekt adhibirt worden ist. L'amour! l'amour! so heißt das Kraut. In der Apotheke meines Herzens, blüht es ganz unvergleichlich frisch, — und zwar Du allein, sollst die Blume brechen. — Sie blüht für Dich. — O! es ist eine köstliche Arzenei!

Korille. Sie wissen ja, daß ich gar keine Liebhaberin von Arzeneien bin.

Doktor. Das ist nicht gut! In dem Hause eines Doktors sollte alles für Arzeneien gestimmt seyn und zumal für eine solche Universal-Medicin, für dieses Wunderkraut, für solch ein Mysterium magnum, für eine so allgewaltige Elementarkraft.

Korille. (vor sich.) Wie unerträglich!

Doktor. Allerschönstes Korillchen! — Sieh nur, wie geschmackvoll Du Dich heute gekleidet hast. Cet habit vous va bien!

Korille. Meinen Sie?

Doktor. Sans doute! — Liebes, allerliebstes Kind! Du glänzender Lapis angularis meiner Empfindungen! O, Du prima materia meiner Entzückungen! —

Korille. Aber, was soll das alles, Herr Doktor?

Doktor.

Doktor. Du wirst Dich wundern —

Korille. Wundern?

Doktor. Du wirst auf eine sehr liebevolle, süsse Art, erschreckt werden, wenn ich Dir sage, daß —

Zwölfter Auftritt.

Vorige. Raggiro.

Raggiro. Herr Doktor! Herr Doktor!

Doktor. Element! kann man denn nicht einmal ungestöhrt ein vernünftiges Wort reden? — Was giebt's?

Raggiro. Ich habe Sie allenthalben gesucht. —

Doktor. Nun, da bin ich ja! Was willst Du?

Raggiro. Vor dem Hause hält der Wagen des wassersüchtigen Marchese Spozzi. Er liegt auf seinem Landguthe am Tode. — Sie sollen eilig zu ihm kommen. —

Doktor. Der Narr hätte zu keiner ungelegneren Zeit am Tode liegen können! —

Raggiro. Steigen Sie eilends in den Wagen, wenn Sie nicht um 100 Dukaten kommen wollen.

Doktor.

Doktor. Da sieht man, wie sehr geschickte Leute in der Welt gesucht werden!

Raggiro. Hurtig Herr Doktor! Es ist ein weiter Weg —

Doktor. Der Kutscher soll nur einen Augenblick Gedult haben. Ich werde gleich kommen.

Raggiro. (ab.)

Korille. Lassen Sie doch den Kranken nicht warten.

Doktor. Liebes Kind! — Ich selbst, bin krank.

Korille. Krank? — Sie sind ja ein Doktor.

Doktor. Ach! Gegen Krankheiten dieser Art, kann der arme Kranke nur Hülfe bei beidem Geschlechte suchen. Du allein kannst mich heilen.

Korille. Ich?

Doktor. Du. — Ach! — ich bin —

Korille. Werden Sie nur nicht ohnmächtig!

Doktor. In Deinen Armen! — Ach! wie süß! —

Raggiro. (kömmt eilig.) Der Kutscher will nicht warten —

Doktor.

Doktor. Ich will ja gleich kommen. — Bring mir Hut, Stock und Degen.

(Raggiro ab.)

Korille. So machen Sie doch, daß Sie fortkommen!

Doktor. Ich liebe Dich unaussprechlich! Ich liebe — und soll Dich verlassen? N'est-ce pas trop?

Noch etwas hält mich zurücke,
Furcht (vor sich.) vor Dieben, Furcht vor
 Tücke.
Ich muß erst nach meiner Kammer
und nach meinem Kasten sehn!
In den schönsten (zu Korillen) Augenblicken,
voll von Liebe und Entzücken,
Dich mein Augentrost zu sehn,
ruft man mich, und ich muß gehn.
Ach! ich weiß mich kaum zu fassen,
meinen Schatz muß ich verlassen.
Sieh, Korillchen! liebstes Täubchen!
wie Dein treuer Doktor liebt,
der sich Dir so ganz ergiebt,
und gewiß Dich nie betrübt.

— Nun mein Liebchen muß ich scheiden,
und zu meinem Kranken eilen.
Ach! wie gerne wollt' ich weilen,
mich an Deinem Anblick weiden! —
Lebe wohl! auf Wiedersehn! —
(Indessen, giebt ihm Raggiro, Degen, Stock und
Hut, und geht dann mit ihm ab.)

Korille. Geh nur alter Thor! Die blanken Empfindungen D e i n e r Liebe, wiegen wahrhaftig keine 80,000 Skudi auf.

Dreizehnter Auftritt.

Korille. Raggiro.

Korille. Raggiro! ist der Graf fort?

Raggiro. Ja.

Korille. Er wird zu dem marmornen Idol seines Herzens geeilt seyn. Ich habe erfahren, daß er die Statue der Königin seines Herzens in seinem Garten aufgestellt hat.

Raggiro. Da hat man Ihnen die Wahrheit gesagt.

Korille. Ich muß hin, ich muß sie kennen lernen, die mir das Herz meines Geliebten raubte! (ab.)

Vier-

Vierzehnter Auftritt.

Raggiro.

Sie wird sich sehr wundern sich selbst kennen zu lernen! — Das ist wieder ein Streich der Liebe. Wahrhaftig! so lange ein Mensch verliebt ist, sollten alle die um ihn herum sind, schlafen, daß sie die tollen Streiche nicht gewahr würden, die er begeht. Wenn ich's nicht selbst so gemacht hätte, ich könnte das Unwesen keiner Seele verzeihen. Gewiß! den schönsten Beitrag zur Geschichte des Unsinns und der Narrheit, könnten die unzähligen Liebesbriefe liefern, welche seit Anbeginn der Welt, in Prosa und Ligata, aus den Federn der wirklichen oder verstellten Liebenden, geflossen sind. Der größte Theil des Unsinns käm ganz gewiß auf die Rechnung unsers Geschlechts. Das darf man sich aber nicht merken lassen. Ein kluger Kerl behält's bey sich!

Funfzehnter Auftritt.

Raggiro. Anselmo. Rosa.

Terzett.

Anselmo. Wo ist der Herr Doktor?
Raggiro. Er ist nicht zu Hause.

Rosa.

Rosa. Wenn kömmt er zurücke?
Raggiro. Sehr spät in der Nacht.
Alle. Schenk wonnevolle Freuden,
   uns heute sanfte Minne!
   Du süßer Rausch der Sinne,
   schenk uns der Liebe Glück!
                                (alle ab.)

Sechzehnter Auftritt.

Garten des Grafen. Im Hintergrunde, eine Nische mit einer Statue.

Korille.

Hier! — Hier, muß ich sie finden. Meine Füße wanken. — Kaum vermag ich's weiter zu gehen. — Ich will den Abgott seines ungetreuen Herzens zertrümmern. — (geht nach der Nische.) Himmel! was seh' ich? — Ich selbst? — Wie sehr habe ich Dich verkannt Geliebter! — — Wer kömmt? (tritt hinter die Statue.)

Siebzehnter Auftritt.

Korille (als Echo.) Graf.

Graf. Rauschende Bäume schweiget!
   Höret mein klopfendes Herz.
   Wer lindert meinen Schmerz?
   Wer rettet mich?
                                Korille.

Korille. Ich? –
Graf. Echo! Du willſt mich retten? –
 Wie iſt mein Leid ſo groß!
 Ach! ſag' was iſt mein Loos,
 iſt Haß es, oder Liebe?
Korille. Liebe!
Graf. Die ich ſo innig liebe
 ſo zärtlich und ſo treu!
 belohnet ſie die Liebe
 mit Zärtlichkeit und Treu?
Korille. Mit Treu!
Graf. Für ſie ſchlägt nur dies Herz.
 Sie hört nicht meine Klagen,
 ſie fühlt nicht meinen Schmerz,
 mein Leiden kennt ſie nicht.
 Was ſeh ich! – O Himmel! –
 (er geht nach der Statue.)
Korille. Mein Lieber! (ſie ſteigt herab.)
Graf. Wach' oder träume ich!
Korille. Beſter!
Graf. Ach! Geliebte!
 Beide.
 Mit Freuden lohnt die Liebe
 die Treu und Zärtlichkeit.

Achtzehnter Auftritt.

Vorige. Raggiro.

Raggiro. Es iſt mir um ſo lieber, daß ich Sie beide hier ſo einig und vergnügt antreffe,
da

da ich Sie zu einer kleinen Mahlzeit invitiren soll, welche Don Anselmo und Raggiro, im Hause und auf Kosten des so eben verreisten Doktors Tulipan, angestellt haben.

Graf. Aha!

Raggiro. Heute müssen Sie sich für die trüben Stunden schadlos halten, welche Ihnen der Doktor verursacht hat. —

Graf. Der Doktor?

Korille. Er hat mir die bündigste Liebeserklärung gethan.

Graf. O! der alte Thor!

Raggiro. Das sagen Sie nicht. Alt will er gar nicht seyn. Er hatte sich heute ganz verjüngt und ich glaube, daß er alle Kollektanea des Liebesarchives seiner Jugend, durchblättert hat, um seinen Antrag gehörig vorzubringen.

Korille. Er spielte ganz den zärtlichen Pastor fido.

Graf. Ein trefflicher Spaß!

Raggiro. Er aber, hat die Sache sehr ernsthaft genommen. — Doch, ich habe noch mancherlei zu besorgen. Also, erwarten wir Sie? (ab.)

Graf. Ich komme! — Jetzt, meine Beste hast Du die Wahl. Den Doktor, oder mich?

Korille.

Korille. Dich! Dich! — Auf immer
die Deinige, aber nie die ihrige, zärtlicher Herr
Doktor!

Alter Thor! Dich sollt' ich lieben?
Einsam zwischen düstern Mauern,
meiner Jugend Lenz betrauern?
In den Arm des Doktors seyn
Meine jungen Tage schwinden?
Meiner Jugend schöne Freuden
mag ich nicht mit Gram und Leiden
und mit Kummer nicht vertauschen.
Doktor, such ein and'res Mädchen,
die dich liebt und glüklich macht.

(ab.)

Neunzehnter Auftritt.

Graf.

Rezitativ.

Wie schön sich alles verändert,
seit die Geliebte sich mit mir hat ver-
söhnet.
Wie schön, wie reitzend
malet der Liebe Pinsel
was sich meinem Auge zeiget.
Die Sonne scheint mir heller,
der Himmel lacht mir heitrer.
Sanft wiegt der Westwind sich auf zarten
Blumen.

O!

O! wie bezaubernd locken der Vögel
    sanfte Töne!
Und mich umschweben jetzt himmlisch
    sanfte Harmonien.
Wird wohl auf immer
das Glück mir freundlich lachen? —

Wenn mir Dein Bildniß sanfte
    Schöne vor den Augen schwebet,
dann grünen schöner diese Fluren,
und süße Hoffnung tröstet
mein liebekrankes Herz.

Arie.

Sanfter tönt dein süßer Name
mir Entzückten holde Hoffnung,
als der Flöten schön stoccato,
und der Geigen pizzicato.
Bei der schönen Morgenröthe,
lockt des Hirten sanfte Flöte,
lockt nicht so, die Nachtigall.

Doch wenn ich den Doktor sehe,
füllet Wuth und Zorn die Seele,
tobt in allen Adern Feuer,
mein Gesicht umzieht ein Schleier.
Wankend beben meine Füße,
Donnerwolken, Regengüsse,
Nacht und Blitz, und Donner droht
Schrecken mir und Furcht und Tod.
            (ab.)

— 33 —

Zwanzigster Auftritt.

Saal, in welchem im Hintergrunde das Bild des Doktors in Lebensgröße auf einer Staffelei steht. — Eine auf vier Personen gedeckte Tafel.

Doktor.

(Ohne die Tafel zu sehen.) Ist das nicht ein Wind und ein Wetter draußen! Man jagte keinen Hund, geschweige denn einen Doktor, hinaus. — Und nicht den dreißigsten Theil eines Dukatens verdient, geschweige denn, 100 Dukaten. Zu sterben, ehe ich komme! Schon todt, als ich kaum vor's Stadtthor bin! — Mon dieu! da kann man's in der Welt weit bringen, zumal bei den jetzigen geldlosen Zeiten. — Der Staub hat sich in mein Kleid gelegt, der Wind hat mir die Perüke lacerirt; Wer vergütet mir das? Da wird keine Seele sprechen: „Hier, lieber Herr Doktor Tulipan, ist eine kleine Entschädigung." — Wir leben wahrhaftig im bleiernen Zeitalter! — (wird die Tafel gewahr.) Aber — was ist denn das? Gedeckt auf vier Personen? Und wer wären denn die? Ich kenne ja nur zwei die gewöhnlich hier speisen, wenn ich nicht da bin.

C   Da-

Dahinter steckt etwas. —. Wie fange ich's an, daß ich die saubern Gäste belauschen kann? — Halt! — Ich werde den Kopf meines Bildes herausschneiden, den Defekt durch mein eigenes Antlitz suppliren, und die saubern Vögel ganz gewiß fangen. — Wie sinnreich nicht ein verliebter Doktor ist! — (schneidet den Kopf aus dem Bilde.) Wartet nur! Der Spaß soll euch vergehen. (steckt seinen Kopf hinein und tritt hinter's Bild.) Was ich vor ein offner Kopf bin! — In einer so sonderbaren Krisis, hat mein Verstand Zeit meines Lebens noch nicht operirt! — Nun wollen wir doch sehen, wer zuerst auftreten wird.

Einundzwanzigster Auftritt.

Doktor. Raggiro.

Doktor. Ah! der ehrliche Pursch!

Raggiro. Nun mag der Graf kömmen, wenn er will. Es ist alles bereit. Heute wollen wir einmal auf Kosten des alten Geizhalses leben. Es schmeckt noch einmal so gut, wenn ein solcher Knicker die Zeche bezahlen muß.

Doktor. Warte Spitzbube.

Zwei-

Zweiundzwanzigster Auftritt.

Vorige. Rosa.

Rosa. Es ist doch alles in Ordnung?

Raggiro. Alles. — Jetzt wird der sehr hoch und tiefgelahrte Herr Doktor bei dem wassersüchtigen Marchese sitzen und gelehrt bei einem Glase Weine, das ihm nichts kostet, demonstriren: daß die Krankheit inkurabel würde geblieben seyn, wenn man ihn nicht gerufen hätte.

Rosa. Und wir, werden uns den Champagner des Herrn Doktors Tulipan, den wir gleichfalls nicht bezahlen, auch recht wohl schmecken lassen.

Raggiro. Malepeste! Mir hat der liebe Champagner schon manchen Dukaten gekostet. Wenn ich nicht den Doktor, vor drei Jahren in Frankreich, so oft betrogen hätte, meine Schönen hätten manchmal Wasser, statt Champagner, trinken müssen.

Doktor. Ein schöner Hecht!

Rosa. Ach! Champagner, Raggiro! Ueber'n Champagner geht kein Wein in der Welt.

Raggiro. Das spreche ich auch. — Sehen Sie Mademoiselle, ich will in meinem Leben, nicht geliebt worden seyn, — und das ist doch ein hoher Schwur! — wenn der hochgepriesene Nektar der Götter, nicht Champagner ist.

Dreiundzwanzigster Auftritt.
Vorige. Anselmo.

Raggiro. Kommen Sie Herr Rittmeister, wir wollen die Tafel ein wenig weiter vortragen. Es ist besser wir thun es selbst, als daß wir fremde Leute an unserm Spaße Theil nehmen lassen.

Anselmo. Herzlich gern!

(Sie tragen die Tafel weiter vor.)

Raggiro. So. — Das andere will ich schon besorgen.

(Er setzt Stühle, geht ab und zu, und trägt Speisen und Weine auf.)

Rosa. Nun, lieber Anselmo —

Anselmo. Liebes Röschen! Ich liebe Dich so innig, so zärtlich! —

Rosa. Mein Herz schlägt nur für Dich!

Anselmo. Und doch, quält mich noch mancher Zweifel.

Rosa. Du zweifelst noch, daß ich Dich liebe? Wie kannst Du das?

Anselmo.

Anselmo. Und doch hast Du meine Briefe nicht beantwortet. Warum thatest Du das? Warum schriebst Du mir nicht?

Rosa. Ich konnte nicht.

Anselmo. Du konntest nicht? Warum nicht?

Rosa. Weil — weil — Ich hatte keine Tinte.

Anselmo. Du hattest keine Tinte? Der Doktor schreibt seine Recepte wohl mit Wasser?

Rosa. Er verschließt die Tinte.

Anselmo. Konntest Du nicht mit Bleistift schreiben?

Rosa. Ich hatte kein Papier.

Anselmo. Armes Mädchen! Hattest Du keine Pergamenttafel?

Rosa. Weder Tinte noch Papier, weder Pergamenttafel noch Bleistift.

Anselmo. So? — Und doch — wenn Du hättest schreiben wollen, Du hättest mit einer Stecknadel die Worte auf einen Stein kritzeln können.

Rosa. Und wozu das Schreiben, wenn ich Dir nun alles mündlich weit besser sage. Todt ist der Buchstabe —

Anselmo. Und kalt Deine Entschuldigung!

Rosa.

Rosa. Anselmo?

Anselmo. Mademoiselle?

Rosa. Du beleidigst mich sehr! — Wenn ich auch gefehlt habe — Verzeihung verdiene ich doch wohl? — Ich will's ja gestehen, es war unbedachtsam gehandelt, aber — (hält das Schnupftuch vor die Augen.)

Anselmo. Röschen! — Vergieb mir. — Die Liebe —

Rosa. Ach! die Liebe ist meine Peinigerin!

Anselmo. Bestes Mädchen!

Rosa. Du hast mich nie geliebt, da Du mich so sehr kränken kannst.

Anselmo. Nie geliebt? — Immer umschwebt mich Dein Bild, wachend und im Traume. — — Nur nicht diese Seufzer, nur nicht diese Thränen. — Nie will ich Dich wieder kränken —

Rosa. Männer! wie spielt ihr mit uns! Eure Launen —

Anselmo. Vergiß und vergieb! — Du vergiebst mir?

Rosa. Die Liebe läßt mich nicht zürnen.

Raggiro. Jetzt kömmt der Graf —

Anselmo.

Anselmo. Er soll nichts merken. — Ich bin glücklich! — Dein liebes, gutes Herz ist mein.

Doktor. Das sind schöne Auftritte!

Vierundzwanzigster Auftritt.

Vorige. Graf. Korille.

Finale.

Korille.	⎧ Lustig und fröhlich wollen wir singen:
Rosa.	⎪ Lebe Lieb' und Fröhlichkeit!
Anselmo.	⎨ Scherz und Freude, froher Muth
Graf.	⎩ sind der Liebe schönstes Gut.
Graf.	Und unsre Freude,
	stöhrt niemand heute.
Korille.	Käm doch nie der Doktor heim!
Korille.	⎧
Rosa	⎪ Lustig und fröhlich wollen wir singen:
Ansemo.	⎨ Lebe Lieb' und Fröhlichkeit!
Graf.	⎩
Raggio.	Meine Herr'n und Damen sehen
	dort besetzt den Tisch schon stehen.
Korille.	Wir wollen gehen. —
	Die Liebe uns die Speisen würzt.
Doktor.	Morbleu! Das ist eine Schwelgerei,
	Die mich in Armuth stürzt.

C 4   Korille.

Korille.	Nur lustig liebe Freunde, uns stöhrt der Doktor nicht.
Doktor.	Fort bien! so sicher seyd ihr nicht! doch hält er weislich sich jetzt still, zu sehen, was er sehen will.
Graf.	(zu Korillen.) Ich setze mich zu Ihnen.
Anselmo.	(zu Rosa.) Ich werde Sie bedienen.
Doktor.	Ist das der arme Kranke? Fort bien! wer hätte das gedacht?

(Sie setzen sich zu Tische.)

Korille. Rosa. Anselmo. Graf.	⎧ O! wie selig! wie beglückt! ⎪ wer bei einem frohen Mahle, ⎨ sanft sein Liebchen an sich drückt, ⎩ traulich scherzt und kost und lacht.
Doktor.	Fort bien! wer hätte das gedacht?
Anselmo.	Mein Liebchen drück' ich an die Brust, den Becher in der Hand. Mein Herz fühlt nichts als Wonn' und Lust, die Grillen sind verbannt!
Rosa. Korille. Graf. Anselmo.	⎧ Die uns Lust und Freude gebn, ⎨ Lieb' und Wein sie sollen lebn! ⎩ Auch der Doktor Tulipan!
Doktor.	Fort bien! wer hätte das gedacht?
Graf.	Reicht her die vollen Flaschen! Freund Bachus windet uns den Kranz, und seiner Fackel hellen Glanz löscht Amor nie im Wein.
	Korille.

Korille. ⎫ Muskateller und der Spanier,
Rosa.   ⎬ Rheinwein lebe und Champagner!
Anselmo. ⎪ Auch der Doktor Tulipan!
Graf.   ⎭

Raggiro. Hängen würde sich der Alte,
            säh' er sie so lustig leben.

Doktor. O! wie meine Glieder beben!
            Meine Stirn glüht schon vor Wuth.

Anselmo. Hymen schlingt die Rosenketten. —

⎧Korille⎫ Sie, zu schlingen, diese Ketten,
⎨ und   ⎬ läßt, der Doktor niemals zu.
⎩Rosa. ⎭

Graf. Seht doch nur des Doktors Larve,
         wie er fletscht die weißen Zähne!
         jetzt erweicht ihn eine Thräne,
         bittet nur, er giebt es zu.

Doktor. O wie meine Glieder beben!
            Meine Stirn glüht schon vor Wuth.
            (Korille und Rosa, stehen auf und singen
               gegen das Bild.)

Korille. Bester Doktor, liebstes Herzchen, —
Rosa.   Schlank gewachsen wie ein Kerzchen —
Beide. ⎧Nicht wahr, Du giebst diesen Herrn
         ⎩gern und willig unsre Hand?

Doktor. Halt! Ihr Herren! — Halt! Ihr
                                Mädchen!
            Euch zermalmen und zerreissen
            Diese Zähne —
            (kömmt hinter dem Bilde vor.)

E 5   (Die

(Die Mädchen schreien laut auf.)

Korille.	Welch' Erscheinung! — Ach! was hör ich?
Rosa.	
Anselmo.	Wach' ich? — träum' ich? —
Graf.	
Raggiro.	O! welch ein schrecklich Angesicht!

Doktor. Daß Ihr wachet und nicht träumet,
 sollt Ihr jetzo gleich erfahren,
 fürchtet meinen Grimm und Zorn.

Alle fünf. Vor Betäubung und Entsetzen
 starrt das Blut in Adern mir.

Doktor. (nachäffend,) Lustig und fröhlich wollen wir singen:
 Lebe Lieb' und Fröhlichkeit! —

Korille.	— Ich vergeh vor Schrecken!
Rosa.	— schwer wird mir der Athem!
Graf.	— Wär ich nur von bannen!
Anselmo.	— Könnt ich fort von hier!

Doktor. (nachäffend.) O! wie selig wie beglückt!
 Wer bei einem frohen Mahle,
 froh sein Liebchen an sich drückt,
 mit ihr tändelt, scherzt und lacht.

Alle fünf. Aengstlich klopft mein Herz, es schwinden,
 alle meine Sinne mir!

Doktor. (wie oben.) Muskateller und der Spanier,
 Rheinwein lebe und Champagner!
 Auch der Doktor Tulipan!

Alle

Alle fünf. Aengstlich klopft mein Herz, es schwinden
alle meine Sinne mir!
Doktor. Seht doch nur die jungen Leute,
züchtig, sittsam und voll Tugend!
Seht doch nur die liebe Jugend,
ihres Hauses Stolz und Freude! —
Laßt Ihr Euch hier wieder sehen,
soll es kläglich Euch ergehen.
Packt Euch nur gleich fort von hier!
Alle fünf. Welch ein Zufall! Welch ein Schrecken!
wohin soll ich mich verstecken? —
Doktor. Wartet nur Ihr jungen Gecken,
Ihr sollt mich nicht länger necken.
Alle fünf. Welch ein Zufall! Welch ein Schrecken!
Wohin soll ich mich verstecken?
Doktor. Und ihr sittsam schönen Liebchen
Ihr sollt mir den Spaß bezahlen,
mir vergelten diese Lust.
Alle fünf. Welch ein Zufall ꝛc. ꝛc.
Doktor. Alles habe ich gesehen.
Alle fünf. Alles hat er angesehen.
Doktor. Nun soll Euch der Spaß vergehn.
Alle fünf. Ach! wie wird es uns ergehn.

———

Zwei-

Zweiter Aufzug.

(Ein großes Zimmer, mit einem verschlossenen Schreibetische.)

Erster Auftritt.

Rosa. (liest.)

(legt das Buch weg.) Ich mag die Alltagssprüche nicht lesen! Schlimm genug, wenn man sich trösten muß. (steht auf.) Der unglückliche Einfall uns lustig zu machen, ohne zu vermuthen, daß der Doktor ein Augenzeuge unsrer Fröhlichkeit war! — Wie wird's nun werden? Zuverläßig wird Don Anselmo nun etwa eine Entführung vorschlagen. Das wär nicht übel! Ich habe in meinem Leben so viel von Entführungen gelesen, daß ich wirklich dem Triebe nicht widerstehen kann, mir zu wünschen, einmal die Hauptrolle in einer solchen Farce zu spielen.

Zweiter Auftritt.

Rosa. Anselmo. Raggiro.

Anselmo. Wissen Sie, was ich beschlossen habe?

Rosa. Eine Entführung?

Raggiro. Hab' ich's nicht gesagt, Herr Rittmeister, daß die Damen in dergleichen Fällen mehr présence d'esprit haben, als wir? — Eine Entführung! Welch ein inkomparabler Einfall!

Anselmo. Sie wollen sich also mir ganz anvertrauen?

Rosa. Eben das thun, was ich über lang oder kurz doch noch thun müßte.

Anselmo. Gut! — So sey es! — Jetzt will ich von dem Doktor mein Geld zurück fordern. —

Raggiro. Und ich, will ihn ganz höflich ersuchen, mir mein rückständiges Salarium auszuzahlen.

Anselmo. Und dann, — fort.

Raggiro. Aber der Graf?

Rosa. Und meine Schwester?

Anselmo. Sie müssen mit uns gemeinschaftliche Sache machen. — Eilen Sie liebes Röschen,

Röschen, und packen Sie Ihre Sachen zusammen.

Raggiro. Sobald der Doktor seine Kranken besucht, machen wir uns davon.

Rosa. Nun wahrhaftig! Das hätte ich in meinem Leben nicht gedacht, daß ich noch entführt werden sollte.

Anselmo. (umarmt sie.) So führte Paris über die wallenden Fluten die schöne Helena frohlockend davon.

Rosa. Nur gebe der Himmel, daß kein racheschnaubender Menelaos den Fliehenden nachsetzt und sie noch frohlockender à pas lents zurück führt! (ab.)

Raggiro. Aber — mich müssen Sie versorgen Herr Rittmeister. —

Anselmo. Das soll gewiß geschehen. — Sieh, der Doktor kömmt!

Raggiro. Nun muthig, Raggiro!

Dritter Auftritt.

Vorige. Doktor.

Doktor. Wie? quelle impertinence! — Sie sind noch hier?

Anselmo. Wie Sie sehen.

Doktor.

Doktor. Und fürchten nicht, daß mein Grimm schrecklich über Ihrem Haupte ausbrechen werde?

Anselmo. Im geringsten nicht.

Doktor. Was wollen Sie noch hier?

Anselmo. Meine 100 Studi verlange ich zurück. Wie können Sie so wunderbar fragen, Hochgelahrter Herr?

Doktor. Also — (verlegen) deswegen? — (zu Raggiro.) Und Du, Erzschurke, aller Schurken! habe ich Dir nicht schon die Thür gewiesen? Warum bist Du nicht gegangen?

Raggiro. Weil ich nicht eher vom Flecke gehen werde, als bis ich mein Salarium erhalten habe.

Doktor. Seht mir doch die freche Massette an? Dein Salarium? Du Betrüger! Dein Salarium? — Rechne ab!

Raggiro. Meines Wissens, stehen wir in keiner Abrechnung.

Doktor. Nicht? — Du kannst die Dukaten dafür rechnen, die Du mir in Frankreich so geschickt wegpraktizirtest, um Deine Grisetten mit Champagner zu traktiren. — Kannst Du das läugnen? Hab' ich's nicht mit meinen eigenen Ohren gehört?

Raggiro.

Raggiro. Das sind geschehene Sachen, die Sie mir nicht beweisen können. Ich sagte es nur so zum Spaße. — Geben Sie mir mein Geld, und ich gehe.

Anselmo. Und mir meine 100 Skudi, sonst fange ich Spektakel an, daß —

Doktor. Nur ruhig! — Damit ich nur die ungestümen Pursche los werde, so — (schließt den Schreibtisch auf.) Die paar Dukaten werden mich nicht arm machen.

Raggiro. Nur aufgezählt.

Anselmo. Aufgezählt! — Mit Worten lasse ich mich nicht abspeisen!

Terzett.

Doktor. Vier — und fünf, sechs und sieben, und achte, und neune, und zehne. —
Anselmo. Mein Herr Sie zählen sehr genau.
Doktor. Nur so, wie sichs gehört.
Zehne — zehne —
Anselmo. Gut! zehn und zehn sind zwanzig,
Dazu noch zehn, sind dreißig.
Raggiro. Sie werden heut nicht fertig.
Doktor. So laßt mich ungestöhrt! —
Und ein — und eins —
Anselmo. Geschwind!
lange kann ich nicht mehr warten.

Raggiro.

Raggiro. Ich bin des Harrens müde.

Doktor. Und ich des Rechnens satt.
Und eins — und eins —

Anselmo. Und eins — sind, ein und dreißig.
Und vier und noch fünfe, so ist's
glaub' ich, wohl, vierzig.

Doktor. Mein Herr, Sie sind zu hitzig!
Wer rechnet, darf nicht eilen.
Nun geb' ich ein paar Zellen
noch für die andre Summe.
Komm liebes blankes Geld, hier
hast du ein gutes Nachtquartier.

Anselmo. Nur Geld her!

Raggiro. Ich nehme kein Papier.

Doktor. So warten Sie bis morgen,
heut bin ich zu zerstreut.

Raggiro. Ich nehme kein Papier.

Doktor. Hier nehmen Sie den Wechsel hin;
Er gilt wie baares Geld.

Raggiro. O! welch ein karger Geizhals ist
der alte Doktor nicht!

Raggiro. Wenn Sie glauben, daß ich
einen Fuß aus dem Hause setze, ehe ich mein
Geld habe, so irren Sie sich sehr.

Doktor. Nichts sollt ihr haben! — Wir
wollen erst sehen, wieviel der Schaden beträgt,
den mir eure Schwelgerei verursacht hat.

D   Anselmo.

Anselmo. Herr Doktor, ich rathe Ihnen Gutes! Reitzen Sie meinen Zorn nicht, oder es wird nicht gut! Sie kennen mich noch nicht.

Doktor. O ja! Ich habe die Ehre, mon cher! — Ich will mir schon Hülfe schaffen. Sie sollen gezwungen seyn mein Haus zu räumen, ehe Sie es sich versehen. — Und damit Ihnen die Lust nicht von neuen ankömmt, hieher zu schleichen, werde ich meine Nichten so lange in ein Kloster stecken, bis ich sie versorgt habe. Eh bien! Nun lassen Sie sehen, wer den andern überlisten wird. Merken Sie sich das, Monsieur: Wer mich betrügen will, muß früh aufstehen!

(geht lachend ab.)

Vierter Auftritt.

Anselmo. Raggiro.

Anselmo. Lachen Sie nur Herr Doktor! — Wer zuletzt lacht, lacht am besten. Ich will den Grafen überreden — ich will — kurz, Raggiro! mach nur alles bereit. Wir wollen den alten Schlaukopf ganz gewiß betrügen.

Raggiro. Welch ein verdienstliches Werk!

Anselmo. Und sollte ich hundert Klöster abbrennen, und Schlösser ohne Zahl zersprengen,

Rosa

Rosa muß die meinige werden. Was sind der unternehmenden Liebe, Riegel und Schlösser? Mauern und Kerker?

 Dich Schlaukopf zu betrügen,
 Ist meine größte Freude,
 und das geschieht noch heute,
 darauf verlaß Dich nur.
 Wie kannst Du wähnen Herzen zu
    trennen
 welche von Liebe ewiglich brennen.
 Sie zu zerreißen, Ketten der Liebe,
 und zu vernichten zärtliche Triebe,
 vermag dein schwacher Arm,
  schwindelnder Doktor nicht.
 Darüber lach' ich nur, denn mich be-
   trügst Du nicht,
 List der Verliebten, bricht Kerker und
    Schloß!
    (ab.)

Fünfter Auftritt.

Raggiro.

Wenn nur der Anschlag nicht verunglückt! — Sonst bricht das Wetter über mich los. — Aber was kann ich machen? Mein Wort habe ich gegeben den Verliebten behülflich zu seyn, und mein Wort, habe ich noch nie gebrochen.

     Sechster

Sechster Auftritt.

Raggiro. Rosa.

Rosa. Nun? Wie steht's?

Raggiro. Jetzt werden die Pferde bestellt. — Es thut mir nichts mehr leid, als daß ich so allein die Reise mitmachen muß. — Ich habe Ihnen einen Vorschlag zu thun. Sehen Sie, ich bin doch ein Kerl der unter dem schönen Geschlechte immer noch fein Fortün machen kann. Wenn wir also in ein anderes Land kommen, so bitte ich Sie, lassen Sie mich meinen Famulus-Rock nur so lange mit dem Kleide eines Herrn von Stande vertauschen, biß ich in der beau monde mein Glück durch eine Entführung, Mariage, oder sonst durch einen andern glücklichen coup gemacht habe, dann —

Rosa. Versteht Er aber auch, in solch einem Rocke sich zu betragen?

Raggiro. Ich müßte nicht in Paris gewesen seyn! — Was den bon ton, das savoir vivre betrift, Mademoiselle, so suche ich meinen maître. Und bedenken Sie doch nur, daß auf das Kleid besonders viel gerechnet wird, und auch wirklich zu rechnen ist.

Rosa. Das sieht man an mancher menschlichen Puppe!

Raggiro.

Raggiro. Glauben Sie nicht, daß ich im Stande bin den Kavalier zu spielen? Diable et dieu! für einen Menschen der zwei Monate in Parjs gewesen ist, ist das eine schlechte Kunst. Sur ma parole Mademoiselle! Ich weiß mich zu betragen, mir ein Kleid machen zu lassen, comme on le porte à la Cour de Versailles. Ich will Ihnen doch in aller Kürze, ehe ich nach den Pferden laufe, die Eigenschaften eines Mannes erzählen, der in Frankreich als deutscher Baron, und in Italien als Markis, oder Chevalier sein Glück machen will. Si c'est pour vous faire plaisir.

Rosa. Nun, so laß' Er hören, ob Er etwas auf Reisen profitirt hat.

Raggiro. Ich denke doch!
Man besucht die schönen Damen
früh noch ganz en négligé.
Trinkt auf Kosten ihrer Männer
Thee und Wein und Chokolade.
Spielt verliebt mit ihren Händen
auf dem weichen Kanapé.
Wagt in einer grünen Laube
feurig auch ein Embrassé.
In Kompagnien muß man auch spielen,
nach schönen Damen sein schalkhaft schielen,

Und über's zweite Wort französisch fluchen,
und Ball und Billard sein oft besuchen.
Das ist die Tugend vom Kavalier.

(ab.)

Siebenter Auftritt.

Rosa.

Nun muß ich mich ganz in die Arme des Glücks werfen und mich dem leitenden Sterne der Liebe überlassen, ohne an Strudel und Sandbänke in dem Meere und Hafen zu denken, dem ich zueile.

Achter Auftritt.

Rosa. Doktor. (hat die Brille auf der Nase, eine Schreibetafel und einen Bleistift in der Hand.)

Doktor. (kömmt langsam und nachdenkend herein.) Pracht! — — Pracht — und Nacht!

Rosa. Der macht Verse! (tritt auf die Seite.)

Doktor. (kömmt weiter vor.) Ja! so geht's! Es liegt ein preziöser Gedanke d'rinne, würdig des großen Marino. (schreibt.)

Und Deiner Augen Feuerpracht,
erleuchtet meines Herzens Nacht!

Rosa.

Rosa. Wie poetisch!

Doktor. Scharmant! — Wahrhaftig! Petrarka hat nicht zärtlicher an seine geliebte Laura schreiben können, als ich an Korilchen. — Nun will ich das Gedicht zierlich abschreiben, will es ihr vorlesen und noch einmal mit gesammelten Kräften einen Anfall auf ihre Liebe wagen. — Doktor! Du siegst! Du siegst ganz gewiß! Denn welches Mädchen könnte einem zärtlichen Dichter widerstehen, welcher ihr Liebe, Ruhm und Unsterblichkeit durch seine Verse geben kann? Und auch ich? — (ab.)

Neunter Auftritt.

Rosa.

O weh! den hat die Liebe aus einem Narren in Prosa, zu einem Narren in Versen gemacht. — So schön metamorphosirt die hochgepriesene Göttin! — — Aber wieder auf meine eigenen Angelegenheiten zu kommen. Wenn ich das Ding so recht überlege: Eine Entführung? — Und dann, weil ich wider Willen des Doktors geheirathet habe, mein schönes Vermögen verloren? — Anselmo ist zwar sehr reich an Liebe, aber davon können wir nicht leben. — Im Hause des Doktors, und mit

Ehren eine alte Jungfer zu bleiben? O weh! das ist ein schreklicher, unerträglicher Gedanke! Liebe und Zwang? — Furcht und Liebe? — Auf einmal verläßt mich alle meine Heiterkeit. — Was soll ich thun? —

Lieb' und Zwang? O! herbe Qualen,
die mein armes Herz durchbeben,
klopfend meinen Busen heben,
und mich foltern Tag und Nacht! —
Wie auf ungestümen Fluten,
wankt ein Schiff, auf offnem Meere,
schwebet zwischen Schaam und Ehre,
zwischen Lieb' und Furcht mein Herz.
Lieb' und Furcht, und Zwang, und Ehre,
die mein armes Herz durchbeben,
klopfend meinen Busen heben,
quälen mich bei Tag und Nacht!

(ab.)

Zehnter Auftritt.

Korille. Graf. Anselmo.

Anselmo. Und Sie wollen nicht?

Graf. Alles Freund, nur keine Entführung. Sie wissen, wie wenig ich für das Romanenhafte gestimmt bin. Thun Sie einen Vorschlag, welchen Sie wollen, nur nichts davon.

Korille. Ich kenne diese Sprache!

Anselmo.

Anselmo. Graf! — wie soll man das nehmen?

Graf. Alles — alles, will ich thun, aber eine Entführung — wie gesagt! — Ich habe keinen Kopf zu solchen Sachen.

Eilfter Auftritt.

Vorige. Raggiro.

Raggiro. Die Pferde sind bestellt. Es ist alles richtig.

Anselmo. Sie haben keine Zeit zu verlieren. Entschliessen Sie Sich bald. Komm Raggiro, wir haben noch mancherlei zu besorgen. (mit Raggiro ab.)

Zwölfter Auftritt.

Korille. Graf.

Korille. Nun Herr Graf? —

Graf. Meine Theuere!

Korille. Sind Sie entschlossen?

Graf. Ja! Ich bin entschlossen, keinen Raub zu begehen.

Korille. Wenn ich willig folge?

Graf. Meine Ehre — Ihre Ehre wird darunter leiden.

Korille. Ehre?

Graf.

Graf. Die Leute werden glauben —

Korille. Können glauben, was sie wollen!

Graf. Sie werden durch die Flucht Ihres schönen Vermögens verlustig.

Korille. Ha! ist es das? — Nun kenne ich Sie, zärtlicher Herr Graf! Mein Vermögen hat, wie ich merke, sehr großen Antheil an Ihrer Liebe zu mir.

Graf. Wie können Sie das denken? Ich liebe Sie, und kein Gedanke von Eigennutz kam in meine Seele.

Korille. So entreißen Sie mich den Händen des Doktors. — Ihre Liebe wird mich für mein verlorenes Vermögen schadlos halten. — Wie können Sie zaudern? Liebe überlegt nicht, und wiegt nicht die Entschließungen auf der Goldwage ab.

Dreizehnter Auftritt.

Vorige. Rosa. (kommt aus einem Seitenzimmer, in welchem sie bei halboffener Thür, im ganzen vorigen Auftritte, gelauscht hat.)

Rosa. Ich habe euch lange genug zugehört. Länger, kann ich nicht. — Ich muß nur dazwischen kommen, sonst könnte gar noch ein Unglück

glück entstehen. Herr Graf, Sie lieben meine Schwester?

Graf. Unaussprechlich!

Korille. Und mein Geld?

Graf. Verachte ich.

Rosa. Nun gut, so machen Sie keine Umstände, und fliehen Sie mit uns.

Graf. Das kann, und werde ich nicht thun.

Rosa. Ihre Gründe?

Graf. Meine Ehre — die Ehre Ihrer Demoiselle Schwester — der Verlust —

Korille. Meines Vermögens?

Graf. Nicht doch — der Verlust —

Rosa. Welcher Verlust? — Vermuthlich der Liebe unseres Vormundes?

Graf. Spötterin! — Kurz, so lange ich mir noch Fälle denken kann, die Hand meiner Geliebten auf rechtmäßige Art zu erhalten, mag ich nicht zu solchen Mitteln meine Zuflucht nehmen.

Rosa. Sie sind ein schöner Liebhaber! — Nicht einmal Ihrer Geliebten so viel zu Gefallen zu thun, sie zu entführen.

Korille. Ich kenne diese Ausflüchte! Der Herr Graf haben vermuthlich eine neue Bekanntkanntschaft gemacht, und ich, will Sie nicht in Ihrem Glücke stöhren.

Graf. Das habe ich nun schon so vielmal gehört, und —

Rosa. Ihr Leutchen werdet nicht uneinig!

Korille. Ich habe Sie kennen lernen. Mir sagen Sie nichts mehr von Liebe und Treue. Sie haben all' Ihre Schwüre gebrochen!

Rede Falscher, nicht von Liebe,
nicht von Zärtlichkeit und Treue,
schon ergreift Dich bange Reue,
brechen willst Du Treu und Schwur.

(vor sich.) Ha! getäuscht und hintergangen!
Welch ein Leiden! welch ein Schmerz!
Wie verzagt in tausend bangen
Zweifeln dies gepreßte Herz!

(zum Graf.) Rede Falscher nicht von Liebe!
Deine Schwüre willst Du brechen,
mich betrügen, mich verlassen.
Doch ich will mich an Dir rächen,
will Dich meiden, will Dich hassen,
nimmermehr Dich wiedersehen.
Dich zu quälen, Dich zu plagen,
schwör ich nun auf ewig Dir!

(ab.)

Vier-

Vierzehnter Auftritt.

Graf. Rosa.

Graf. Sie geht. — Korille! —

Rosa. Nun wird's schwer halten, sie wieder zu besänftigen.

Graf. Können wir denn nicht auf eine andere Art —

Rosa. Herr Graf, ich zweifele fast selbst an der Aechtheit Ihrer Liebe. Wozu diese Bedenklichkeiten? Die erste Gelegenheit, die beste. Sehen Sie doch einmal meinen Anselmo an!

Graf. Sie wissen ja nicht —

Rosa. Ich weiß, daß der Wille eines Liebhabers, ganz von dem Willen seiner Geliebten abhängen muß, und daß er nicht alle Fälle in Erwägung ziehen darf, wie ein bedächtlicher Kasuist. Schämen Sie sich, daß Sie sich das müssen von einem Mädchen sagen lassen! — Sehen Sie mich einmal an. — Es ist wahr, um die Augen herum, sehen Sie ziemlich verliebt aus; aber so ganz richtig, ist's doch nicht. Sehen Sie einmal mich an —

Graf. Ich muß es gestehen, ausserordentlich schmachtend! — Verliebt — sehr verliebt! —

Rosa.

Rosa. Aber so wie ich liebe, haben Sie auch noch nicht geliebt. — Ach! — wenn ich den Namen meines Geliebten nenne — — (sehr tief seufzend.) Ach! — . . . .)

Graf. Auch ich liebe, — liebe mein Mädchen mit ganzer Seele.

Rosa. Aber doch wahrhaftig nicht so, wie ich meinen Anselmo. Sie sollten einmal sehen, wenn seine Hand in der meinigen ruht, wenn er mich fest an sich drückt, und ich dann stammele: „ach! mein Lieber!" — Und das erste: „Ich liebe Dich!" hätten Sie hören sollen. — Sie können sich keine Vorstellung davon machen.

Funfzehnter Auftritt.

Vorige. Raggiro.

Raggiro. Der Herr Doktor ist schon lange ausgegangen. Der Wagen steht vor der Thür. Don Anselmo wartet. — Ihre Koffer Mademoiselle, sind schon aufgepackt. Kommen Sie!

Rosa. Und Sie? —

Graf. Ich kann mich nicht entschließen!

Rosa. Meine arme Schwester!

Raggiro. Eilen Sie! — Wenn der Doktor käm —

Rosa.

Rosa. Meinen Schmuck darf ich nicht vergessen. — Leben Sie wohl Herr Graf. (ab.)

Graf. (drückt ihr die Hand.) Leben Sie wohl bestes Mädchen! — Der Himmel mache Sie glücklich! — Und ich will auch gehen — Will mich Korillen zu Füßen werfen, ihr sagen, daß ich mich des Ansehens meiner Familie bedienen werde. Ich will sie meiner Liebe versichern und ihr zuschwören, daß ich alles unternehmen werde, sie auf ewig die meinige nennen zu können. (ab.)

Sechzehnter Auftritt.

Raggiro.

Der Graf ist so bedächtlich — kalt will ich eben nicht sagen — daß ich beinahe mit Gewißheit darauf schwören wollte: Das ist nicht seine erste Liebe. Ich weiß, wie bei mir die raschen Empfindungen so nach und nach zur Ueberlegung herabschmolzen, je mehr sie geläutert schienen, und je mehr ich Liebe geschworen hatte. Und — O! diable et dieu! Der Doktor! — Eine neue Mine, sonst sind wir verloren! (ab.)

Sieb.

Siebzehnter Auftritt.

Doktor. Zwei Männer. (tragen Koffer.)

Doktor. Nur immer in mein Zimmer! — Ventre bleu! über die Schelme! Nur ein paar Minuten hätte ich später kommen dürfen, und sie wären über alle Berge gewesen. Ich armer Mann! — Ich wohne unter Dieben und Mördern, ich bin verrathen und verkauft! — Die Mädchen! — Die verdammten Weiber, sind doch das Unglück der Männer seit Anbeginn der Welt gewesen! Ah ciel! Das ist Schelmenpack! — Mit mir armen, redlichen Mann so zu spielen, mich so betrügen zu wollen! — — Aber, es ist nicht gelungen. — Nun will ich eine fürchterliche Rache ausüben. Die ganze Welt soll davon reden. Unter allen Zonen, in Ost und West, in Süd und Norden, in allen fünf Welttheilen, soll man davon reden hören, und sagen: so rächte sich der Doktor Tulipan!

Achtzehnter Auftritt.

Doktor. Raggiro.

Doktor. Was willst Du! — Du bist eben der Erzschelm, der —

Raggiro.

Raggiro. Hier ist ein Briefchen vom Herrn Grafen an Sie.

Doktor. Was will er?

Raggiro. Lesen Sie's nur! (bei Seite.) Das muß uns retten!

Doktor. (setzt die Brille auf und liest.) Wie? — Was? — Eine Herausforderung? — Was untersteht sich der Graf einen Litteratum herauszufordern? Was spricht er von Ehre?

Raggiro. Haben Sie keine, Herr Doktor?

Doktor. Wer spricht das?

Raggiro. Wenn Sie Ehre im Leibe haben, so werden Sie auch die Herausforderung annehmen.

Doktor. Ich danke!

Raggiro. Herr Doktor, ich meyne es redlicher, als Sie vielleicht denken. Ich will Ihnen sagen, warum das alles geschieht. Der Graf hat sich mit seiner Geliebten veruneiniget, und er ist so wüthend, daß er sein Leben nicht mehr achtet. Er hat zweierlei Pistolen laden lassen. Die, welche er Ihnen geben will, sind mit Kugeln geladen, die seinigen aber nicht. Er hofft von Ihrer Hand zu sterben. Und, fürchten Sie nichts, ich will die Pistolen gewiß nicht verwechseln.

E   Doktor.

Doktor. Aber was habe ich denn davon, wenn ich ihn nun erschieße?

Raggiro. Weil Sie wissen, daß seine Pistolen nicht mit Kugeln geladen sind, und weil Sie also nichts zu befürchten haben, so können Sie ja daneben schießen —.

Doktor. Das könnte ich wohl, aber —

Raggiro. Sie zeigen doch, daß sie Herz haben. Und ist's nicht eine Ehre, sich mit einem Grafen zu schlagen?

Doktor. Du hast recht! — Er mag kommen. Par diable! ich will ihm zeigen, daß ich Kourage habe. Aber ums Himmelswillen, verwechsele die Pistolen nicht.

Raggiro. Sorgen Sie nicht, Herr Doktor!

(ab.)

Neunzehnter Auftritt.

Doktor.

Man muß sich den Leuten nur in seiner eigenthümlichen Größe zeigen, sonst haben sie keinen Respekt. Wenn mich aber der verfluchte Kerl anführte, und mir die falschen Pistolen gäb? Ach! ach! ach! Es läuft mir eiskalt über den Leib, wenn ich daran denke. Ein Schuß, der

der Doktor Tulipan wär weg und kein Hahn krähte darnach, ob ein Doktor oder ein andrer Mensch, sein Leben auf eine so schändliche Art verloren hätte. Nein! das wär in der That noch zu früh. — — Sie kommen! Es wird mir ganz miserabel!

Zwanzigster Auftritt.

Doktor. Graf. Raggiro. (mit zwei Paar Pistolen.)

Graf. Lesen Sie sich aus Herr Doktor.

Doktor. (zu Raggiro.) Ums Himmels= willen Raggiro —

Raggiro. Seyn Sie nur ruhig! — Verlassen Sie sich auf mich. — Hier.

Doktor. (nimmt die Pistolen und setzt sich in Positur.) Ah voila! Sie sollen sehen Herr Graf, daß ich Herz habe. Ich habe mich in meinen Universitäts=Jahren, mit mehr als Hundert Grafen geschlagen.

Graf. (nimmt die Pistolen.) Das glaube ich.

Doktor. (zu Raggiro.) Du hast Dich doch nicht vergriffen?

Raggiro. Nein! nein!

Doktor. (vor sich.) Alle Glieder zittern mir! Ach! ach! ach!

Graf.

Graf. Sie zittern ja über und über. — Ich glaube Sie fürchten sich.

Doktor. Ach! nein! — Ich kann Ihnen auf meine Ehre versichern, daß ich mich ganz und gar und im geringsten nicht fürchte.

Graf. Sie haben den ersten Schuß —

Doktor. Jetzt ist's noch Zeit Herr Graf. Jetzt können Sie noch in sich gehen. — Noch ist das Duell zu retourniren. —

Graf. Sie spaßen Herr Doktor!

Doktor. Nein! — Es ist revera mein Ernst.

Graf. Machen Sie keine Umstände! — Wenn Sie nicht schießen wollen, (legt die Pistolen ab und zieht den Degen.) so ziehen Sie.

Raggiro. (zum Doktor.) Der Graf ist ein großer Fechter!

Doktor. Das weiß ich.

Raggiro. Schleßen Sie.

Doktor. Herr Graf — ich schieße! —

Graf. (steckt den Degen ein und nimmt die Pistolen.) Lassen Sie sich nicht so lange nöthigen.

Doktor. Ach! wenn ich ihn nur nicht treffe! (drückt die Augen zu, sieht weg, und brennt los.)

Graf. (fällt zu Boden.) Ach! —

Doktor.

Doktor. Ah ciel!

Raggiro. Ach! ums Himmelswillen! — Todt! mausetodt! Ach! ach!

Doktor. Ach! ach! ach! — Was fang' ich an?

Raggiro. Die Nachbarn haben den Schuß gehört —

Doktor. Die Wache wird kommen! — Wohin verstecke ich mich? Ach! ich armer Mann! Liebster bester Raggiro! verrathe mich nicht. Wenn die Wache kömmt, sprich, ich wär fort, — ich hätte mich schon lange mit der Flucht salvirt.

Sollte man Dich fragen:
ist der Doktor Tulipan zu Hause?
so kannst Du nur sagen:
Tulipan lebt nicht mehr.

(eilt ängstlich ab.)

Raggiro. Auf Herr Graf! —

Graf. (steht auf.) Es geht alles nach Wunsche.

Einundzwanzigster Auftritt.

Vorige. Korille.

Korille. Welch ein Lärm? — Ein Schuß? —

Graf. Seyn Sie ruhig. Der Doktor glaubt mich erschossen zu haben. Er ist voller Angst. Raggiro wird ihm zur Flucht rathen und unter der Zeit —

Korille. Und Sie schämen sich nicht, die Leichtgläubigkeit eines solchen Mannes zu benutzen?

Graf. Eine unschuldige List. — Deinetwegen, meine Theuere —

Korille. Das sagen Sie nicht. Sie wissen ja wie wir zusammen stehen.

Zweiundzwanzigster Auftritt.

Vorige. Doktor.

Doktor. Ach! ich armer, elender Mann! Ueberallhin verfolgt mich das böse Gewissen! — Und — Was seh ich? —

Korille. Sie haben Sie betrogen. Sie wollten sich Ihrer Verwirrung bedienen —

Graf. Aber —

Raggiro. Mademoiselle!

Korille. Glauben Sie mir Herr Doktor.

Doktor. Also — betrügen wolltet Ihr mich?

Raggiro. Nun wird mir's übel gehen! — Das Beste ist, ich gehe dem Doktor aus den Augen. (ab.)

Drei-

Dreiundzwanzigster Auftritt.

Korille. Graf. Doktor.

Korille. Wie ich Ihnen schon gesagt habe, Herr Graf: — Ich liebe Sie nicht, ich verabscheue Sie.

Doktor. Sehr weise gesprochen!

Graf. Weiber! — Treuloses, falsches Geschlecht! Korille! ich liebte Dich so zärtlich, hing mit ganzer Seele an Dir, und Du, kränkst mich so schrecklich! — Meine Gegenwart ist Dir verhaßt? — Ich gehe. — Du sollst mich nicht wieder sehen!

Wohl! so will ich Dich verlassen,
nimmermehr Dich wiedersehen,
schwören, ewig Dich zu hassen,
und um Mitleid nie zu flehen,
sollt ich auch vor Schmach vergehen,
sterben selbst vor Qual und Schmerz.

(vor sich.)
Schon geh' ich falsche Natterbrut! —
Wie quälet mich ihr Uebermuth!
Ha! mich tödten Deine Blicke
Ungetreue! Ja! ich sehe
Deine Augen voller Tücke.
O! weh mir! ich vergehe!
Mich tödten Gram und Schmerz!
(ab).

E 4   Vier-

Vierundzwanzigster Auftritt.

Doktor. Korille.

Doktor. Du bist ein allerliebstes, ein scharmantes Kind! Ich möchte Dich vor Freuden küssen!

Korille. Um den Grafen noch mehr zu kränken, habe ich mich entschlossen, Ihnen in seiner Gegenwart, die Hand zu geben.

Doktor. Das ist ein unvergleichlicher Einfall ma belle! O! dieu! ich liebe Dich über allen Ausdruck! Ah! mon petit bec! Du bist die Krone Deines Geschlechts.

Korille. Um mich an ihm zu rächen, habe ich einen Plan entworfen, welcher ihn von Sinnen bringen soll. — Kommen Sie!

Doktor. Allerliebster Engel! — Die Honigsüßen Worte Deiner Liebe haben mein Herz berückt, haben mich entzündet, daß ich vor Liebe zu Deinen Füßen mein getreues Blut versprützen will, wenn Du es verlangst. Mädchen! Mädchen! was hast Du aus mir gemacht?

(beide ab.)

Fünfundzwanzigster Auftritt.

(Ein zum Erleuchten eingerichteter Saal im Hause des Grafen.)

Anselmo. Bedienter.

Anselmo. Ist der Graf noch nicht da?

Bedienter. Noch nicht.

Anselmo. (vor sich.) Er bleibt lange. — Hat er nichts befohlen?

Bedienter. Nichts.

Anselmo. Sonderbar! — Ist keiner von seinen Bedienten zurückgekommen?

Bedienter. Keiner.

Anselmo. (vor sich.) Das hat etwas zu bedeuten. — Warum ist dieser Saal zum Erleuchten eingerichtet?

Bedienter. Mein Herr hat es durch einen fremden Mann befehlen lassen.

Anselmo. (vor sich.) Er muß doch seiner Sache gewiß seyn. Wer weiß auf welche Art er den Doktor breitgeschlagen hat. — Ich glaube er kömmt? — Ja er ist es!

Sechsunbzwanzigster Auftritt.

Anselmo. Graf.

Anselmo. Viel Glück!

Graf. Sagen Sie: viel Unglück.

Anselmo. Ich will nicht hoffen?

Graf. Alles gieng glücklich. Der Doktor wär in der ersten Angst in die Türkei geflohen, und das ungetreue, falsche Mädchen — o! daß ich ihren Namen nennen muß! — Korille selbst, entdeckte den Betrug.

Anselmo. Sie selbst? Das ist mir unbegreiflich!

Graf. Mir auch.

Anselmo. Darunter steckt etwas.

Graf. Was könnte das wohl seyn?

Anselmo. Man kann nicht wissen. Vielleicht hat sie einen weit zuverläßigern Plan ausgesonnen —

Graf. Wenn das wäre! — Ich habe ihr doch wohl unrecht gethan.

Siebenunbzwanzigster Auftritt.

Vorige. Raggiro.

Raggiro. Außer Athem habe ich mich schier gelaufen!

Anselmo.

Anselmo. Was bringst Du?

Raggiro. Sonderbare Nachrichten. An den Herrn Grafen: eine ausserordentliche große Empfehlung von dem Herrn Doktor.

Graf. Von dem Doktor?

Raggiro. Wie ich sage. „Geh zum Herrn Grafen," — sagte er. — Ich lasse mich ihm unterthänig empfehlen, und wenn er es erlaubte, so würde ich diesen Abend mit meinen Nichten meine Aufwartung bei ihm machen, um unsern Spaß über den heutigen Zweikampf zu haben.

Graf. Das ist sonderbar!

Anselmo. Ich muß es gestehen, sehr sonderbar!

Raggiro. Ich habe mich auch nicht wenig gewundert.

Graf. Und was sagte Korille?

Raggiro. Die sagte etwas, das Ihnen noch weit angenehmer seyn wird, als die Komplimente des Doktors.

Graf. Was sagte Sie?

Raggiro. Sie hat mir befohlen, Ihnen zu sagen: daß sie es auf eine ganz sonderbare Art dahin gebracht habe, daß der Doktor seine

Ein-

Einwilligung in ihre Verbindung geben wolle. — Sollen sie kommen?

Graf. Den Augenblick.

(Raggiro ab.)

Achtundzwanzigster Auftritt.

Graf. Anselmo. Bedienten.

Graf. He! Bedienten! Erleuchtet den Saal, macht die Tafel zurechte, und tragt auf.

(Die Bedienten zünden die Lichter an, bereiten die Tafel ꝛc. ꝛc.)

Anselmo. Habe ich's nicht gesagt, daß sie einen weit sicherern Plan entworfen hat, des Doktors Einwilligung zu erhalten, als wir es zu thun vermochten? Darinne haben doch wahrhaftig die Weiber vor uns einen Vorzug, den ihnen keine männliche Seele absprechen kann.

Graf. So waren meine Zubereitungen doch nicht umsonst!

Anselmo. Aber Graf, vergessen Sie nicht, daß auch meine Schöne mitkömmt, und daß ich eben so sehr wünsche, glücklich zu werden, als Sie es wünschen können.

Graf. Gewiß nicht. — Ich kann nur gar nicht begreiffen, wie es Korille so sonderbar hat wenden können.

Anselmo.

Anselmo. Wir müssen die Auflösung mit Geduld erwarten, und wenn auch etwa eine kleine Resignation mit ins Spiel kömmt, so —

Graf. Klein mag sie immer seyn, nur nicht groß. — Hurtig ihr Leute! Ich kenne des Doktors Art. Gewiß war er schon die halbe Straße herauf, ehe er den Bedienten voraus schickte.

Neunundzwanzigster Auftritt.

Vorige. (hernach.) Raggiro.

Finale.

Graf. Immer hurtig, aufgedecket,
bringt Gefrornes, Limonade,
Konfekturen, Schokolade,
Weine, Torten, und Koffee. *(zu den Bedienten welche Lichter anzünden.)*

Raggiro. Jetzt bringt die Braut in vollem
Staate,
Doktor Tulipan geführt.

Anselmo. Geschwind Herr Graf, geh'n Sie entgegen
Ihrer Braut, wie sichs gebührt.

Graf. Seht sie kommen!

Anselmo. Wie doch der Alte
weiß den galant-homme zu machen!

Graf. Ach! ich muß wahrhaftig lachen,
wenn ich ihn als Stutzer seh.

Drei-

Dreißigster Auftritt.

Vorige. Rosa. Doktor. (führt) **Korillen.** (Bediente) (mit Wachsfackeln voraus, welche gleich wieder abgehen.)

Doktor. Himenée la terre anime,
respectable il rende venus,
le plaisir toujours un crime
est le prix de la vertu.

Verzeihen Sie mir meine Freiheit —

Korille. Nehmen Sie nicht ungenödig —

Graf. Hocherfreut bin ich Herr Doktor,
mit der Braut Sie hier zu sehn.

Rosa. (zu Anselmo.) Ich weiß nicht was ich denken,
wie ich das nehmen soll.
Wie wird sich das erklären?
begierig bin ich drauf.

Doktor. En habit de grand parure,
komme ich als Freund hieher.

Korille. Das schönste Fest zu feiern,
komm' ich als Braut hieher.

Graf. Ich bin Ihr Freund Herr Doktor,
Ihr wahrer Freund bin ich.
Den Kuß nimm mein Bester!
als Freundschafts-Zeichen an.

Doktor.

Doktor. (zu Korillen.) Wie sich der Thor be-
　　　　　　　　trüget!
Korille. (zum Doktor.) Beinah möcht ich er-
　　　　　　　　sticken
　　　　vor Lachen, lieber Doktor!
　　　　Wie sich der Geck betrügt!
Graf.　　⎧Auf diesen trüben Morgen
Anselmo.⎨folgt heller Sonnenschimmer,
Raggiro.⎩und Freude folgt auf Leid.
Graf.　　So lassen Sie sich nieder.
Doktor.　Ich danke, bin nicht müde. —
(zu Korillen.) Wie artig und wie höflich!
Korille.　Der liebe Graf betrüget sich,
　　　　er glaubt mich hier als seine
　　　　geliebte Braut zu sehn.
Graf.　　Hurtig! hurtig! bringt die Speisen!
Doktor.　(zu Korillen.) Ich muß gar herzlich
　　　　　　　　lachen,
　　　　daß er sich so betrügt!
Anselmo. (zu Rosa.) O schöner Tag der Freude,
　　　　der mich so glücklich macht!
Rosa.　　Mir ahndet nicht viel Gutes,
　　　　wer weiß, welch schlimmes Ende
　　　　vielleicht der Spaß noch nimmt!
　　　　　(Bedienten bringen Schüsseln, Tassen,
　　　　　　Speisen ꝛc. ꝛc.)
　　　　　(Sie setzen sich.)
Graf.　　Bedienet die Gäste.
Doktor.　Ich bitt' um Früchte.
Graf.　　Was Sie befehlen, stehet zu Diensten.
　　　　　　　　　　Doktor.

Doktor. O! Sie beschämen mich!
Korille. Sie sind zu gütig!
Graf. (zu Korillen.) Erlauben Sie liebste Braut, Sie zu bedienen. Befehlen Sie Torte?
Korille. Ich esse keine.
Anselmo. Sie, liebes Röschen? (präsentirt ihr etwas.)
Rosa. Ich bin versehen.
Graf. (zu Korillen.) Hier ist Champagner.
Korille. Wenn Sie erlauben.
Anselmo. (zu Röschen.) Nichts von dem Kuchen?
Rosa. Will ihn versuchen.
Graf. (zum Doktor.) Monsieur, belieben Sie?
Doktor. Ich dank', ich danke!
Graf. Kandirte Früchte essen Sie ja?
Raggiro. (zum Doktor.) Bittere Mandeln, werden behagen, stärken die Nerven, stärken den Magen, lindern die Hitze, stärken die Kräfte, verdünnen die Säfte, heben den Schwindel, das Podagra.
Alle. {Bei dem frohen Freudenmahle, schlingt die Liebe Blumenketten, reicht der Freuden Zauberschaale, reicht uns Amor Kranz und Band.
Graf. (zu Korillen.) Ist's noch Ihr Wille, sich zu vermählen?
Korille. Von ganzen Herzen bin ich bereit.
Anselmo.

Anselmo. Da nun Korillchen jetzt verschenket ihre
Hand,
so reicht die Ihrige, mein liebes Rös-
chen mir.
Doktor. Mit dieser disponirt, Korillchens Bräu-
tigam,
Der soll vergeben nur ihre Hand.
Graf. So sind Sie glücklich. Ich schenke
Ihnen
Die Hand der Schönen, die Sie ver-
ehren.
Doktor.⎤ Ist das Ihr Ernst? Ist es nur
Korille.⎦ Scherz?
Graf. Ich sollte disponiren mit Röschens
schöner Hand. (zum Doktor.)
Ihr Wille war es selbst zu knüpfen
dieses Band.
Doktor. Sind Sie der Bräutigam?
Graf. Bin ich's denn nicht?
Korille. Sie sind der Bräutigam?
Doktor. Mein Herr Sie irren sich. — Sie
sind es nicht.
Graf. Ich wär es nicht?
Doktor. Wie Sie wohl sehen.
Graf. Sie haffen mich?
Korille. Wie Sie wohl sehen.
Graf. Ich wär betrogen?
Doktor. Wie Sie wohl sehen.
Graf. Und hintergangen?
Korille. Wie Sie wohl sehen.

F Graf.

Graf. Weh mir! ich bin verrathen!
betrogen, hintergangen!
Wie tobts in meinem Busen!
O welch ein bittrer Schmerz!
Verlaß mich Ungetreue,
mich troz ein falsches Herz!

Rosa. ⎰ O Himmel! wir sind verloren!
⎱ Nun ist die Hoffnung verschwunden.
Anselmo. ⎰ Nie werden wir verbunden
⎱ uns unsrer Liebe freun.

Doktor. ⎰ So alle Hoffnung schwinden
Korille. (spottend.) ⎱ zu sehen, in der Liebe,
und sich betrogen finden,
wahrhaftig! das ist hart!

Graf. Sagt wer ist mein Nebenbuhler?
Wo der Räuber meiner Schönen?
Doktor. Zum Bräut'gam wählte mich Ko-
rillchen —
Korille. (zum Grafen.) Wie? das wollen Sie
nicht glauben?
Ohne meine Hand zu rauben,
schenkt ich sie dem Doktor selbst.

Graf. Schmerz und Zorn, und Wuth und
Liebe —
ach! wie sie mein Herz zernagen!
Rosa. ⎰ Ach! wie schmerzlich! so betrogen,
Anselmo. ⎱ hintergangen, sich zu sehen!
Doktor. O der Thor! wie irrt' er sich,
Für seinen Kuppler hielt er mich.

Korille.

Korille. (zum Doktor.) Zum Zeichen des
                        Bundes,
            Die Hand, mein Geliebter!
Doktor. Ich schmelze für Liebe!
Graf. (tritt dazwischen.) Das wird nicht ge-
                        schehen!
Korille. (zum Grafen.) Wer will es ver-
                        hindern?
            Wer will es mir wehren?
Graf. Das kann ich nicht sehen!
       Verräther —
Anselmo. — — — nicht zu hitzig!
Doktor. Was kann mir geschehen?
Graf. (zieht den Degen.) Es kostet Dein
                        Leben!
Rosa.
Korille.   } Vernünftig! gelassen!
Anselmo.
Raggiro.
Graf. Es kostet Dein Leben!
       Es kostet Dein Blut!
Doktor. Ich werde mich stellen,
        mir fehlt's nicht an Muth!
Korille. ⎧ Was hilft nun das Lärmen?
Rosa.   ⎨ was soll das Geschrei?
Anselmo. ⎪ Vernünftig! gelassen! nur friedlich!
Raggiro. ⎩   und ruhig!

                F 2   Alle.

Alle.

Finsterniß und Nacht und Schrecken
überdecken rund die Erde,
und verfinstern meine Augen.
Aengstlich schlägt und klopft mein Herz.
Jetzt wird's hell! —
Was muß ich sehen?
Wie? — was? — Duell? —
Es ist geschehen! — —
Tobend brausen Sturm und Winde,
Wolken ziehen, Donner rollen,
Schlünde bersten, Felsen krachen,
Alles droht den Untergang.

Dritter Aufzug.

Saal.

Erster Auftritt.

Rosa. (sitzt an einem Tische, den Kopf auf die Hand gelegt.) Anselmo. (sitzt gleichgültig auf der andern Seite, bei einer Bouteille Wein.) Korille. (sitzt Rosa'n gegenüber.) Doktor. (läuft herum.)

Doktor. Sage mir aber nur ein Mensch, was der Graf vor Raison hat, uns einzusperren?

Anselmo. (trinkt.) Er will die Festung durch Hunger zur Uebergabe zwingen.

Doktor. Es wird ihm alles nichts helfen. Ich kenne meines Korillchens Neigung und weiß, wie sie gegen mich gesinnt ist.

Anselmo. Ich bin so gut eingeschlossen wie Sie. Aber, wie Sie sehen, (trinkt.) ich leide keine Grillen.

Doktor. Es ist eine maliziöse Art die Leute einzusperren, sage ich Ihnen!

Anselmo.

Anselmo. Das sage ich selbst.

Doktor. Und Sie haben so gut Ihre Hand im Spiele wie der Graf. Das merke ich wohl, mein lieber Herr Rittmeister! Ich kenne Sie.

Anselmo. Ich habe auch die Ehre. (trinkt.)

Doktor. Ich will hin, ich will den Grafen aufsuchen — und wenn ich ihn finde, par diable! es wird ein abscheuliches Blutbad. (ab.)

Zweiter Auftritt.

Anselmo. Korille. Rosa.

Anselmo. Hahahaha!

Rosa. (springt auf.) Hahahaha!

Korille. Er wird dem Grafen nicht viel thun.

Anselmo. Aber wahrhaftig! nun dürfen Sie den Grafen nicht länger quälen.

Rosa. Liebe Schwester, sieh Dich ja vor. Man darf die Sache nicht zu weit treiben. Drei bis viermal läßt sich ein wahrer Liebhaber allenfalls foppen, sobald es aber mehrmal geschieht, kömmt's ihn in den Kopf, daß er ein Mann ist, und dann ist's aus.

Anselmo. Jetzt ist noch nichts zu thun. Ich will nur den Grafen erst sprechen, daß er sich

sich vom Doktor die schriftliche Versicherung geben läßt, die wir nicht entbehren können.

Korille. Mich, soll der Graf im Garten treffen.

Anselmo. Und wo treffe ich Sie schönes Röschen?

Rosa. Allenthalben, wo die Liebe weilt.
(Anselmo und Korille ab.)

Dritter Auftritt.

Rosa.

—— Ich bin in der That der vielen Umstände überdrüßig, so sehr ich auch das Umständliche liebe — und man kann auch wahrhaftig nicht umständlich genug seyn, so bald es Ernst wird. Mit den Liebhabern kann man zur Noth wohl noch wechseln, aber Männer, muß man behalten.

Vierter Auftritt.

Rosa. Raggiro.

Raggiro. Der Herr Doktor sucht den Grafen und will ihn zur Rede setzen. Das wird lustig ablaufen. — Aber, wie kömmt's Mademoiselle, daß Sie so niedergeschlagen sind?

Rosa. Symptomen des Brautstandes!

Raggiro.

Raggiro. Immer können Sie doch nicht ledig bleiben. Einmal müssen Sie doch wählen.

Rosa. Wählen — und wagen.

Raggiro. Das ist richtig, wagen muß man.

Rosa. Viel — sehr viel! — Alles!

Raggiro. Jetzt müssen Sie sich dieser Grillen entschlagen. Diable et dieu! Wenn die Frauenzimmer alle so denken wollten, so wär die Welt längst ausgestorben.

Rosa. Ich denke sonst eben nicht gern nach, diesmal aber erfordert's wirklich Ueberlegung. — Wenn Anselmo nach mir fragt, ich bin im Garten. (ab.)

Fünfter Auftritt.

Raggiro.

Es ist doch sonderbar! daß es ihr erst jetzt einfällt zu überlegen. Sie hätte es ja überlegen können, wie sie mit ihrem Liebhaber bekannt wurde. Aber so sind die Mädchen. Erst, erwiedern sie Blicke, drücken die Hand wieder, lassen sich küssen, nehmen Briefe an, und wenn sie dieselben auch nicht beantworten, so lesen sie doch wenigstens so etwas gern. Darauf folgen mündliche Unterhaltungen. Diese, werden

werden immer herzbrechender, — und wenn nun der zärtliche, vor unaussprechlicher Liebes-Wonne schmelzende Adonis fragt: ob's erlaubt ist, sie zum Altare zu führen? — Dann fangen sie erst an nachzudenken, und sich selbst zu fragen: ob sie wohl mit ihrem Liebhaber, wenn er nur in der vermehrten Ausgabe als Mann erscheinen wird, glücklich seyn können, oder nicht? — Das ist die richtige Skala unsrer neumodischen Liebschaften. Der Doktor kömmt! — Es ist am besten, er sieht mich nicht eher, als bis er weiß, woran er ist! (ab.)

Sechster Auftritt.

Doktor. Graf.

Doktor. Und — mit Einem Worte Herr Graf, öffnen Sie das Haus, oder es wird nicht gut! Denken Sie nicht etwa Rörillchens Hand zu erhalten; Es ist eine unmögliche Sache. Sur ma parole! Sie machen sich vergebliche Mühe.

Graf. Ungetreues Weib!

Doktor. Ich glaube herzlich gern, daß es Ihnen im Kopfe herumgeht, aber par dieu! ich kann ja nichts davor. Das Mädchen ist ja ganz auf mich erpicht, wie Sie sehen. —

F 5   Graf.

Graf. Wirklich?

Doktor. Das kleine Närrchen ruht und rastet nicht, sie will ja nur so vor Liebe vergehen.

Graf. Das ist zum Tollwerden!

Doktor. Mon dieu! ich glaube Ihnen alles, Herr Graf, aber par diable! es hilft nichts. Das Mädchen sage ich Ihnen ist nicht zu bändigen. Wenn sie mich nur von weiten sieht, kömmt sie auch gleich mit offenen Armen auf mich zu. Ich kann mich ihrer gar nicht erwehren.

Graf. Machen Sie mich nicht rasend!

Doktor. Trösten Sie sich Herr Graf. Es giebt ja mehrere Mädchen in der Welt. Ist's die eine nicht, so ist's die andere. Denn wie gesagt, Korillchen läßt nicht vom Doktor Tulipan, und wenn Erde und Himmel zusammenstürzten.

Graf. (zieht den Degen.) Reden Sie nicht fort, oder es kostet Ihr Leben.

Doktor. Ah ciel! Herr Graf! — keinen Zweikampf! Ich bin der Mann nicht, der Leben und Liebe auf die Spitze eines unbelebten Wesens setzt. — Lassen Sie das Haus öffnen. — Und im Grunde, was kann ich denn davor? Machen Sie es mit Ihrer ungetreuen Schönen aus.

Graf.

Graf. Das will ich!

Doktor. Wenn diese Sie erhört, — so will ich meinen Konsens drein geben.

Graf. Wollen Sie das?

Doktor. Sans doute! Aber geben Sie sich keine Müh. — Sie hört Sie gar nicht an. Ich weiß, wie sehr ihr Herz an mir hängt.

Graf. Destoweniger haben Sie zu befürchten. Also, Ihre Einwilligung habe ich?

Doktor. Diese haben Sie. Avec bien de plaisir.

Graf. Geben Sie mir es schriftlich.

Doktor. Aber — mon dieu! es hilft Ihnen nichts. Wir verschmieren das Papier umsonst.

Graf. Thut nichts! — Schreiben Sie nur.

Doktor. Wunderlicher Mann! — Den Gefallen kann ich Ihnen ja leicht thun. (Er schreibt.)

Graf. (geht unruhig auf und ab.)

Doktor. Aber Sie werden sehen — daß es nichts hilft! — Die kleine Hexe giebt ihren Tulipan nicht her, und wenn sie ihr das Leben nehmen wollten. — Sie ist halsstarriger als Penelope. — (steht auf.) Hier!

Graf. Ihren Namen und Ihr Petschaft.

Doktor

Doktor. Sie sind sehr exakt! — Auch das. — (unterschreibt und untersiegelt) — Auch das lieber Graf! — Was vermag Siegel und Schrift gegen Neigung und Liebe?

Graf. (nimmt das Papier, umarmt und küßt ihn.) Ich danke! Ich danke lieber Doktor!

(eilt ab.)

Siebenter Auftritt.

Doktor.

Der reißt mir ja bald die Perüke vom Kopfe! Geh Du nur hin. Du wirst schön ankommen! Ich weiß, wie sehr mich Korillchen liebt. Die jungen Leute werden nicht eher klug, als bis sie angelaufen sind. Ich mag's gar nicht mit ansehen. — Ich glaube, daß ihn Korillchen so sehr verirt, daß er sich aus Desperation eine Kugel durchs Hirn jagt. J'en suis content! Thun Sie das Herr Graf. C'est par là que vous m'obligerez infiniment! Hahahaha!

(ab.)

Achter Auftritt.

Garten.

Korille. (hernach.) **Graf.**

Korille. Ich fürchte ihn zu sehen, und doch, hoffe ich es. Ich wünsche daß er käm, und

und wünsche er möchte nicht kommen. Ich soll mich verstellen. — O! wie schwer kömmt mir das an.

Gräfin (kömmt, ohne daß sie ihn gewahr wird.)

Korille. Lieber Graf — ich liebe Dich so sehr —

Graf. Du liebst mich?

Korille. Was wollen Sie?

Graf. Du liebst mich —. Aus Deinem Munde, habe ich es gehört. Du liebst mich!

Korille. Nicht Sie. — Es giebt mehrere Grafen —

Graf. Aber keinen, der so innig Dich liebt, als dieser — (fällt nieder.)

Korille. Herr Graf! —

Graf. Bestes Mädchen! Verstellen Sie sich weiter nicht. — Ihr gutes, liebes, sanftes Herz —

Korille. Ach! —

Graf. Sie lieben mich! — (springt auf.)

Korille. Ich liebe Dich!

Graf. Mein! mein!

Duett.

Graf. Dir getreu bin ich geblieben,
ewig Dich allein zu lieben,
reich ich nochmals Dir die Hand.
Korille. Nimmer wieder Dich zu kränken,
schwör ich Dir mein Herz zu schenken,
zu der Liebe Unterpfand.
Graf. Komm schlinge die Banden fester!
Korille. O! wie glücklich! o! mein Bester!

Beide.

Beide.
Ewig dau're diese Liebe, —
die uns jetzt so glücklich macht.
Die Leiden der Liebe
erheben die Freuden;
sie schenket Entzücken,
und Wonne uns beiden,
sie macht uns so glücklich,
sie macht uns so froh!

Neunter Auftritt.

Vorige. Anselmo. Rosa. Raggiro.
(hernach) der Doktor.

Raggiro. Jetzt, kömmt der Doktor!

Korille. Haben Sie die Einwilligung?

Graf. Die habe ich.

Doktor. (kömmt.) Nun Herr Graf, wie weit haben Sie es gebracht?

Graf. Weiter als Sie vielleicht glauben.

Doktor. Bestes Korillchen! ich habe Dir einen ungestümen Liebhaber über den Hals geschickt. Nicht wahr? Nimm's nicht übel mon ange! Zum zweitenmale soll's gewiß nicht geschehen. Ich weiß wie sehr Du mich liebst —

Korille. Sind Sie davon überzeugt.

Doktor. Das bin ich! Das bin ich!

Korille. Ihr Wunsch, ist mir Befehl.

Doktor. Fort bien! trés sage! —

Korille. Sie sehen es gern und sind's zufrieden, daß ich dem Herrn Grafen meine Hand gebe —

Graf.

Graf. So sagt dieser Zettel —

Korille. Hier Herr Graf. Auf ewig die Ihrige.

Doktor. Was soll das?

Graf. Weil es nun gleichfalls der Wille des hochgelahrten und höchstzuverehrenden Herrn Doktors ist, daß Korillchens Bräutigam, die Hand ihrer Schwester, der schönen Rosa, vergiebt —

Doktor. Wer hat das gesagt?

Anselmo. Sie selbst Herr Doktor, haben es gesagt.

Rosa. Bei Tafel. — Sie können es nicht läugnen.

Graf. Das ist ausgemacht! — Also, gebe ich, als Bräutigam der schönen Korille, ihre Hand dem wackern Don Anselmo.

Raggiro. (zu Rosa.) Haben Sie sich resolvirt?

Rosa. Das hab' ich. — (giebt Anselmo die Hand.)

Doktor. Und ich, wär betrogen?

Alle. Ja! Das sind Sie, Herr Doktor.

Doktor. Was? Doktor Tulipan, der große Mediziner? betrogen? Das geht nicht! Ich gebe nichts, gar nichts zu! Ich lasse mich nicht anführen.

Raggiro. Machen Sie nur keinen so argen Lärm, es werden mehr Leute Ihres Schlag's, in der Welt angeführt.

Doktor. Du Taugenichts! bist Du auch noch da?

Raggiro. Ich gehe nicht eher, bis ich bezahlt bin. ——————————Anselmo.

Anselmo. Seyn Sie nur ruhig, Herr Doktor! — Die Männer Ihrer Nichten —

Doktor. Ich will gar nichts von den Männern wissen! Ich kann sie nicht vor Augen sehen.

Anselmo. Nur nicht so wunderlich! Das sind Heirathen nach den Worten des Testaments.

Doktor. Ei! und wenn sie wonach anders wären! sie sind null und nichtig.

Graf. Sehen Sie — Ihre Hand — Ihr Siegel —

Raggiro. Herr Doktor, Sie kommen nicht aus. Willigen Sie ein, ehe es zum Prozeß kömmt.

Doktor. Ich soll einwilligen?

Anselmo. (ironisch.) Haben Sie die Gewogenheit!

Doktor. Nein! — und gleichwohl, was kann ich machen? Ich muß wohl! — (giebt ihre Hände zusammen.) Da! meine Einwilligung habt Ihr. — Ich dachte freilich mich selbst mit Korillchen zu verehligen — aber —

Raggiro. Ja sehen Sie Herr Doktor, da heißt's: Wer das Glück hat, führt die Braut heim!

Alle.
Verschwunden sind die Leiden,
gesiegt hat Treu und Liebe.
Sie schenkt die schönsten Freuden,
schenkt uns Zufriedenheit.

―――――――